勇探火山口

[美]威勒德·普赖斯 著
杰夫 译

北京出版集团
北京少年儿童出版社

著作权登记号
图字：01-2010-1129
VOLCANO ADVENTURE by WILLARD PRICE
Copyright © WILLARD PRICE, 1956
Willard Price, the Willard Price Logo and Hal and Roger are trade marks of Willard Price Literary Management Ltd, used under licence by Beijing Juvenile & Children's Publishing House Co., Ltd.
This edition arranged with Willard Price Literary Management Ltd through Big Apple Agency, Labuan, Malaysia
Simplified Chinese edition copyright @ 2023 Beijing Juvenile & Children's Publishing House Co., Ltd
All rights reserved.

图书在版编目（CIP）数据

勇探火山口／（美）威勒德·普赖斯著；杰夫译. —2版. —北京：北京少年儿童出版社，2024.1（2024.4重印）
（哈尔罗杰历险记）
书名原文：VOLCANO ADVENTURE
ISBN 978-7-5301-6553-9

Ⅰ．①勇… Ⅱ．①威… ②杰… Ⅲ．①儿童小说—长篇小说—美国—现代 Ⅳ．①I712.84

中国版本图书馆CIP数据核字（2022）第258044号

哈尔罗杰历险记
勇探火山口
YONGTAN HUOSHANKOU
［美］威勒德·普赖斯 著
杰夫 译

*

北 京 出 版 集 团
北 京 少 年 儿 童 出 版 社 出版
（北京北三环中路6号）
邮政编码：100120

网　　址：www.bph.com.cn
北京少年儿童出版社发行
新　华　书　店　经　销
北京同文印刷有限责任公司印刷

*

880毫米×1230毫米　32开本　5.375印张　150千字
2012年1月第1版　2024年1月第2版　2024年4月第2次印刷
ISBN 978-7-5301-6553-9
定价：28.00元
如有印装质量问题，由本社负责调换
质量监督电话：010-58572171

序 言

我们的脑袋是圆的,像个地球仪。而且每个人的脑袋里,可能会想到地球,它的体积有多大?年龄有多大?有哪些有趣的人和事?但对任何人来说,地球都是一个庞然大物,即使倾其一生,也不可能把它跑遍了。怎么办呢?有一个捷径,即看书,这叫作"秀才不出门,便知天下事"。如果你想了解地球上都有些什么新鲜事,特别是大自然中的新鲜事,我建议你看一看"哈尔罗杰历险记"。

威勒德·普赖斯先生出生于1883年,他是个幸运的人,一生中跑了77个国家和地区,包括我们中国,遇到过许多新鲜的人和新鲜的事。他又是一个愿意奉献、不甘寂寞的人,不想把自己的知识和见闻都烂在肚子里,于是便动笔写了一套书,献给全世界的孩子们。于是,在70多年前,就诞生了哈尔·亨特和罗杰·亨特两兄弟的角色。

哈尔和罗杰是约翰·亨特的儿子。约翰·亨特是动物博物学家,几乎跑遍了全球去了解和收集各种各样的珍奇动物。哈尔和罗杰不仅继承了老亨特的基因,而且也继承了爸爸的事业和兴趣。在老亨特的鼓励和安排下,哈尔和罗杰走南闯北,历尽危险和艰辛,从亚马孙丛林到南太平洋小岛,从非洲大陆到格陵兰冰原,从世界上第二大岛新几内亚到地球上最高的山系喜马拉雅山,从正在爆发的火山口到危机四伏的海底世界,足迹延伸到世界各地的各个角落。他们冒着生命危险,勇敢地追逐丛林巨蟒,制服热带巨蜥,巧捕非洲白象,激战北极之王北极熊,深入海底猎奇,大战庞然大物杀人鲸,不仅与凶猛的动物较量,还得与贪婪的人类争斗,常常是弹尽粮绝,走投无路,只能依靠自己的智慧和勇气,才能置之死地而后生。当然,不可能所有的人都像哈尔和罗杰那样,有机会到世界各地去旅游、探险。正因如此，所有关心地球和热爱自然的人，不妨都抽空看看"哈尔罗杰历险记"这套书，希望你能进入角色，设身处地，感同身受，与哈尔和罗杰一起，深入广袤无垠的大自然去畅游、搏击，追随那些曲折的情节，体验无数惊险的场面，肯定会使你深感刺激。而且，书中丰富的知识和简练的语言，也会令人受益匪浅，回味无穷。

最后，还要加上几句，就是关于亨特一家的事业。他们到世界各地去猎取和收集各种各样的珍奇动物，送到动物园和博物馆。一方面固然为人们休闲娱乐、观赏和了解地球上的各种动物做出了贡献，但是另一方面，他们也伤害了许多动物，伤害了大自然……

与70年前相比，人类现在更注重生态保护，对大自然和动物界的了解，都要客观而且深入得多了。但也产生了另外一种值得注意的倾向，就是一厢情愿地去和动物亲近，以至于有人和自己的爱犬亲吻，结果被咬掉了嘴唇。我们说，动物是我们的朋友，是指我们和动物同是生命世界之一员。但这并不意味着，我们就可以和北极熊拥抱，可以跟老虎接吻。动物就是动物，人就是人，即使地球上最最温和友好、亲切好奇的南极企鹅，当我想去摸它的脑袋时，它也会奋起反抗，摆出一副决一死战的架势。因此，我认为，人类和动物朋友的交往，应该是"君子之交淡如水"，最好的做法就是不要去干扰它们，当然更不能去伤害它们。

位梦华
中国最先登上南极大陆的科学家之一
中国作家协会会员、中国科普作家协会会员
享受政府特殊津贴、有突出贡献的科学家

目录

1 火山之夜　　　　　　　　1

2 雾与火　　　　　　　　　8

3 火山口　　　　　　　　　13

4 灰心丧气的学生　　　　　21

5 大力士　　　　　　　　　26

6 火山的故事　　　　　　　36

7 钟形潜水器　　　　　　　43

8 沸腾的湖　　　　　　　　58

9 滑坡　　　　　　　　　　66

10 沉船　　　　　　　　　　74

11 "玩偶匣"岛　　　　　　　90

12 "罐头"岛在喷发　　　　　106

13 受困火山湖	112
14 圣埃尔摩之火	123
15 "快乐女士号"脱险	129
16 熔岩河	137
17 救命的炸弹	146
18 森林火灾	150
19 谅解	162

1 火山之夜

天空一片漆黑,浓雾把星星遮盖得严严实实,3个爬山的人即使借助于手电筒,彼此也很难看清楚。

寒雾、冷风,使哈尔觉得身上的每根骨头都是冰凉的。本来,在夜间爬火山要比在火辣辣的太阳底下爬山好受得多,但是此时哈尔却冷得发抖。他想,宁可忍受炎热的天气也比挨冻好受些。他已经把自己的毛衣给了他的弟弟罗杰,不过他还有军用防雨外套,他把拉锁全部拉上,连下巴裹在里面。

罗杰在他身边喘着气。平时,他是一个乐观而又调皮的孩子,但经过3个小时艰苦的攀登,他一点儿也高兴不起来了。

"这座老火山一定像月亮那么高,"罗杰抱怨地说,"快到山顶了吧?"

"恐怕不是这样,"哈尔答道,"我们也许刚爬了一半。"

罗杰累得直哼哼。

"省着点儿气力,孩子们,"这一爬山小组的第三个人说,"你们需要这样,因为最艰苦的路程还在后头呢。"丹·亚当斯博士,一位火山学家,他能很轻松地爬上峭壁,就像爬楼梯一样。

他自己并不注意节省气力,突然放声唱起歌来,歌声盖过了呼啸的风声和火山的隆隆声。

哈尔希望他不要再唱了,歌声听起来有点儿凄凉,很不舒服。也许那是一首欢快的歌,但此时却让哈尔觉得脊背发凉,黑暗中仿佛突然出现了许多飘浮在云雾中的陌生可怕的面孔。

"振作一点儿!"哈尔说,但只是自言自语。他必须保持镇静,这与歌声没什么关系,如果那个人想唱为什么不让他唱呢?

要是在白天,这歌声会是很优美的。但是在夜晚,大雾蒙蒙,风声尖啸,山里发出低沉的隆隆声,大地在脚下颤动,火山灰渣不时落在他们的钢盔上,远处的火山口喷出圆柱形的火焰,闪闪发光……所有这些都会使人产生幻觉。因此,这歌声听起来也许就非常可怕了。与其说是在唱歌,倒不如说他是在像疯子一样地喊叫。

但这位博士可不是疯子,而是一位认真的科学家。他是美国博物馆的火山学家,研究过世界各地的火山。他曾经进入火山口,分析气体,测量熔岩流,绘制火山喷发图,也撰写过学术报告。

火山对于他来说只是数字和现象。他是一位冷静的、有数学头脑的、经过严格训练并很有成就的学者。

哈尔觉得他和罗杰能被选为这位火山学家的助手是一件幸运的事。他们对火山一无所知,但他们身强力壮,并且已经有了在亚马孙河和太平洋岛屿上几个月的探险经验①。眼下暑假快结束了,他们本应像往常一样准备回学校,但由于他们的年龄比同班同学的平均年龄还小,他们的父亲约翰·亨特——著名的自然学

---

① 有关这些故事,请看威勒德·普赖斯的著作《亚马孙探险》和《海底寻宝》。——译者注

1 火山之夜

家和动物博物学家,答应让他们休学一年,以便让他们在探险中经受实际的锻炼。

因此,他们就跟着一个唱歌像疯子一样的人,在深更半夜来到了这座即将喷发的日本火山的半山腰上。

"砰"的一声,一块像鸡蛋那么大的火山渣落到哈尔的头盔上,接着就弹开了。

幸运的是,这些从火山口喷出来的炽热的石头,在寒冷的雾气中飞行大概1000米后就已经变凉了。但此时此刻哈尔却希望它们仍是热的。

冷风把潮湿的雾气吹到他的身上,他的外套都能拧出水来了。

他们好容易爬出了浓雾,呼吸到了一点儿新鲜空气,但前面还是浓雾,不久他们就又被雾气淹没了。他们就这样从一片云雾爬到另一片云雾中去。

这时,附近的山里却存在着一个给人带来舒适和温暖的巨大火种。哈尔把手放在地面上,就能够感觉到热乎乎的。当他冷得浑身颤抖时,一堆温度高达数千摄氏度的可怕的烈火,正在他的脚下燃烧着。他已经迫不及待地想要享受一下从这个巨大的火炉里释放出来的热量。

突然,火山像一条爬上岸的落水狗一样抖动了一下身子,并喷出一股火焰。

紧接着又是一阵火山渣冰雹似的落下来。火山渣落到头盔上没什么事,但砸到肩膀或后背上就会肿起大泡。说不定什么时候还会落下更大的,据说浅间火山曾喷出过像摩托车那么大的石头。

但那种情况现在不会发生，浅间火山还没有猛烈喷发的迹象，否则他们也就不会来了。它现在只是发出低沉的隆隆声。

这并不是说就很安全了。事实上，在几天前就有两名登山者被一阵石头雨砸死了；一个月之前，有一个人困在两股熔岩流中间被活活烧死了。火山灰和火山渣一直飞到30多千米以外的山脚下，地震已经毁掉了轻井泽镇附近的几所房子。

但这些与浅间火山真正发怒时的情景是无法相比的。在一次喷发中它曾经把48个村庄埋在30米厚的熔岩流下。这个厚度是埋葬庞贝城①时的两倍。浅间火山的高度是维苏威火山的两倍，一旦爆发，其猛烈程度也会是维苏威火山的两倍。

现在看来，它好像又在慢慢地酝酿着一次可怕的爆发。也许在一年以后，也许是一个月，也许是明天，谁能知道呢？

如果说有人能知道，那就是训练有素的火山学家。也许丹·亚当斯博士能够揭开浅间火山之谜。

罗杰猛然停了下来。

"鬼！"他喊道。

哈尔和博士停下来看着罗杰——这孩子是不是疯了？他们都想安慰他几句，但还没来得及开口，罗杰又喊道："在那儿！"他指着高高的峭壁上。

他们抬起头，但什么也没看见。雾像一顶巨大的蚊帐一样包围着他们，迅速地掠过地面，不是浓密的一团，而是迎风飘动。

---

① 庞贝城，意大利古城，公元79年8月，因维苏威火山爆发而被淹没。——译者注

1 火山之夜

博士可怕的歌声停下来了。而呼啸的风声正发出刺耳的音调，加上火山低吼，火光闪烁，石雨纷纷，周围充满了不安与恐惧的气氛，令人毛骨悚然。难怪罗杰会产生幻觉。

"难道你们什么也没看见？"罗杰不耐烦地说，"在那儿！"

他们又抬起头，终于看到了罗杰那敏锐的眼睛在雾里所看到的景象：高高的峭壁上，3个亮点像鬼怪似的在那里跳舞。

是火山里喷出的火球，还是正朝他们流过来即将把他们埋没的熔岩流呢？

"显然，我们在山上并不孤独。"博士说。他把手做成喇叭状放在嘴上喊道："喂——"

上面的亮光停止了移动，3个登山者静静地听着。但在逐渐增强的风声和火山的隆隆声中却听不到任何人的说话声。

博士又喊了一声。这次从上面传来了答话。

"走，"博士说，"我们要有新伙伴了。"他们一刻不停地攀着火山岩向上爬去，一直来到亮光的前面。他们看到了3个拿手电筒的日本人。

"你们好！"三人之中年纪最大的一个用日语说。当他的手电筒照到来人的脸上时，他就改用英语说："啊！我想你们是说英语的，我也说英语。我是名古屋中学的英语教师，这是我的两个学生牛房和町田，他们的英语不像我说得这么好。我叫户栗。"

博士把他自己和他的两个同伴介绍了之后，他们彼此握了握手。他们都同样由于在爬向火山口的路上有了新伙伴而感到高兴。现在，神秘的夜晚、寒冷的浓雾、哀号的风声和隆隆作响的

1 火山之夜

火山,似乎都不那么恐怖了。

最使哈尔和罗杰感到高兴的是,博士不再用他那古怪的、令人难以忍受的声音唱歌了。6个人在爬山过程中愉快地交谈着。

2

雾与火

夜色渐渐由漆黑变成灰白色,天快亮了。不一会儿,周围的景物清晰了,手电筒也可以关掉了。

他们看到的一切是多么荒凉啊!巨大的黑色熔岩,干涸的熔岩河,没有一棵树,没有一丛灌木,甚至连一根草也没有,就是月球上也不会这样荒凉和单调。真是一片不毛之地,看来人类似乎也没有资格来到这里。

只有这里的雾是极美的。它们来去无踪,像波浪一样,飘过潮湿的黑色岩石。有时你能看到6米开外,但转眼间就可能伸手不见五指。

在黑夜般的浓雾中,仅有的一条崎岖小路也看不见了。现在他们简直是跌跌撞撞地往上爬,像山羊攀登悬崖一样。他们不时在火山灰中滑倒,不时被尖利的、像玻璃碴儿一样的火山岩划破,当大地颤动时还要使身体保持平衡。突然一阵剧烈的震动,岩石猛烈地碰撞起来。他们头上传来一种物体下滑的声音。

"当心!"博士喊道,"躲到岩石下面去,快!"

他们6个人挤在很浅的岩洞里,成吨重的岩石、火山灰和火山渣像致命的瀑布一样隆隆而下,落在他们前面1米远的地方。当"瀑布"在岩洞前落下来时,光线完全被挡住了,乱石顺着山坡横冲直撞地滚下去,发出的轰鸣声越来越弱,最后消失在浓雾之中。

2 雾与火

"再等一会儿。一些滚得慢的石块现在才开始落下来,有的石块大得足以砸死一个人。"博士说道。

当一切都平静以后,攀登才重新开始。

山势终于变得平缓起来,六个筋疲力尽的火山探险者发现自己已经到了山顶。但火山口在哪儿呢?

这可不是一座普通的火山。一般火山的形状都像个圆锥体,而这座火山的山顶却是由几千米长的起伏不平的斜坡组成。在某个地方会有一个火山口,然而没有一点儿标志,谁知道可能在哪儿呢?晴天的时候能够看到火山口升起的烟。但在这样浓重的雾里,彼此只能勉强看到对方。

天气特别寒冷,因为他们现在的位置已经在海拔 2400 米以上。茫茫大雾仿佛浸透了他们的身体,他们挤在一块巨石后面开了一个"作战讨论会"。雾像河水一样被巨石分开,在巨石两侧翻滚着。

"我们生火吧。"户栗努力装出一副高兴的样子说。他看看周围,想找一些木块,但连一根树枝、一片叶子也看不到。

六个人掏遍了所有的口袋,拿出一些小纸片,堆起来有几十厘米高。博士把它点着,他们就在那微弱的火苗上暖了暖手,不到 5 分钟火就熄灭了。

"我饿,"户栗说,"你们饿吗?"他打开一个木制的小盒子,里面装的是一些鱼和米饭,"我们叫它盒饭,你喜欢吗?"

"是的,喜欢。"博士答道,"你大概也喜欢这个吧。"他拿出几块巧克力。他们把各自带的食品分着吃了。

罗杰从饭盒里拿出一些像白色的虫子似的东西,他疑惑不解地看着它们。

"章鱼触手，"户栗兴高采烈地说，"很好，你喜欢吗？"

"我喜欢。"罗杰说着一口吞了下去。

6个人中只有一个人没吃东西，那就是牛房。他坐在离其他人不远的一块熔岩上，脸色苍白，紧锁双眉，像是陷入了痛苦的沉思。

博士站起来，说："好了，户栗先生，我们去找找火山口怎么样？"

英语教师摆了摆手，咧开嘴笑了笑。看起来什么事情也不会干扰他。

"也许我们找不到，我想我们是找不到了，也许雾会散开，那时我们再去找，可也许雾散不了。山顶有好几千米长，有的时候人们要在雾里徘徊好几天。我们要待在这儿，什么也不能干。"

博士没有说话。他觉得户栗不仅是一个相当差劲儿的英语教师，而且还是个胆小鬼。

"我认为我们有事可干。"博士说，"有的地方会有通向火山口的小路，如果我们能找到它就行了。现在我有一个计划，我们可以组成一个'转盘'，你，户栗先生，留在这儿，我们5个人一起往前走，直到快要听不到你的呼喊声为止；我们不能走太远，因为浓雾能吸收声波，也许只能走500米左右，然后我们把町田留在那儿；其余的人再走500米，再留下牛房；然后继续走，依次留下罗杰、哈尔；我在另一端。这样就可以组成一个2500米长的传呼线。然后，户栗先生待在原地不动，其他人像钟表的指针一样绕着他转，如果小路在距这块岩石2500米的范围之内，我们就能找到它。"

2 雾与火

"不会有人迷路吧?"哈尔问道。

"如果一个人始终能听到另一个人的呼喊声就不会迷路的。我们开始吧,要不停地喊,户栗先生。"

当户栗转过身背靠着岩石,为他在这个计划中所充当的角色感到得意的时候,其他5个人已经消失在浓雾里了。

"唷!"户栗开始用日本的方式喊叫。他们继续往前走。"唷……唷……唷……"喊声越来越弱。他们留下町田,然后继续往前走。

5个人一个一个地被留下,不停地向前向后呼喊,直到博士走到传呼线的末端。

"开始!"他喊道。命令顺着传呼线传下去,于是巨大的转盘开始转动,转了还不到1/4圈,博士喊道:

"在这儿,有小路。快到我这儿来。"

博士的话被传下去。不到20分钟,所有的人都集中到了小路旁。但哪条路通向火山口呢?

他们仔细地听着火山的隆隆声,辨别着声音的方向。由于有雾,声音好像来自各个方向,像是从天上,也像是从地下发出的。

"我想大概是这条路。"火山学家边说边沿着那条小路走去。其他人紧跟着他。

牛房走在最后面。哈尔向后瞥了一眼,看到那个年轻学生一副忧心忡忡的样子,目光呆滞,步履沉重,若有所思,好像发生了什么不顺心的事。牛房到底怎么了?

哈尔放慢脚步,和牛房并排走,想跟他聊聊天。但哈尔一点儿也不懂日语，而牛房又太腼腆了，他不愿用他学过的一点儿英语来交谈。他冲哈尔勉强笑了笑，然后他们就又在沉默中艰难地向上爬去。

与牛房的情绪相反，丹博士有点过于得意了。哈尔尊敬地称他为丹博士。"叫我丹好了。"丹博士对他说，"不管怎么样，我只比你大十来岁，何况你长得比我高。"

那是真的，尽管哈尔还不到20岁，但他的个子比博士还高，肩膀也比较宽，身体也健壮。但哈尔认为博士瘦长结实，而且智慧非凡。他觉得直呼其名对这位科学家有点不够尊敬。但最后哈尔还是让步了。

又是一阵碎石落了下来，但丹博士仿佛没有看到。他抬着头爬得很快，把其他人甩下一大截。火山的隆隆声越来越大，太阳已经升起来了，但阳光穿不透浓雾。由于有可恶的烟气混进来，雾变得更浓了，户栗被呛得直咳嗽。

丹博士不顾呛人的烟雾、不断落下的碎石、大地的颤抖和越来越大的轰隆声，仍然大踏步地向前走。他的胆子太大了，好像生怕别人说他害怕一样。他又一次唱起了昨天晚上唱的那首凄凉的歌，听起来和在晚上一样令人不可思议。

他忽然停了下来。

"我们已经到了！"他喊道。

其他人都来到他身边。前面几米远的地方，地面不见了，巨大的烟浪和云雾混合在一起。

他们的眼睛虽然什么也分辨不出来，但凭着听觉判断，他们就站在火山口的边缘。

3 火山口

从火山口里发出的声音好像是成千上万只愤怒的狮子的吼声。

伴随着吼叫声,还有一种像货车过桥时发出的轰隆声;接着是喷出的蒸汽发出的更加刺耳的声音,就像一条巨大的毒蛇发出的咝咝声。整个火山像一个被点着的大炸药包,随时都可能爆炸。

声音变得如此巨大而可怕,以至于当丹博士再说话时,没有人能够听到。

哈尔还记得从《特里火山手册》中读到的一段话:"浅间火山是日本最大的、最容易爆发的、最变化无常的火山,山顶上处处都有危险,要时刻小心。"

太可怕了,然而他们还有点庆幸,因为在寒冷的雾中度过一个夜晚后,火山口下面散发出的热气使他们感到很舒服。每个来访者都像烤肉叉上的鸡一样转动着身体,使全身都暖和起来。

丹博士从哈尔背着的背包里拿出一些仪器:一支温度计、一副防护镜、一个小分光镜。他开始读数并把结果记录在笔记本上,还用试管收集了一些气体样本,准备以后继续研究。

他又开始说话了,尽管孩子们能看到他的嘴唇在动,却听不到他说的是什么。丹博士向众人打了个跟他走的手势,就沿着火山口边缘开始了他的考察工作。

哈尔回头一看,一个"奇观"映入眼帘:3个日本人站成一排,正在向冒着烟的火山口深深地鞠躬。

哈尔从书上读到过有关这方面的内容,这是日本人参拜火山神的方式。这是他们的宗教信仰,也就是神道。每一座火山都是圣地,人们对火山神必须虔诚,否则神就会在盛怒之下把下面的村庄摧毁。

火山神是一个凶神,最使他高兴的事就是把人作为贡品献给他。过去,作为祭品的人被送到他的贪婪的大嘴里。据说,每个牺牲者都把这看作是一种光荣。

如今固然是没有人再被抛向火山神了,但仍有许多人自愿地把自己的一切奉献给他。他们觉得这样做是一种神圣的举动,同时也解除了自己的烦恼。失业的人可能会跳进火山口;犯罪孩子的母亲也会在火山口中结束自己的生命;受到父母干涉的年轻恋人会双双殉情于火焰之中;考试不及格的学生也会在这里选择自己的归宿。在欧洲和美洲,这种逃避现实的举动会被认为是懦夫的表现。而在日本却不这么认为,每年都有数以百计的失意的人投入日本58座活火山中的某一个火山神的怀抱。

哈尔又向后看了一眼,户栗和町田开始沿着火山口边缘走动,而牛房仍然盯着火山口一动不动。过了一会儿,他坐在一块岩石上,低着头,用双手紧紧地捂着脸。

哈尔想去安慰牛房几句,但他能做些什么呢?也许不会有什么事,即使有的话,牛房的日本朋友也会照顾他的。丹博士已经在15米以外了,并且正在不耐烦地朝他们招手。哈尔急忙赶了上去。

3 火山口

在火山口的边缘散步可真是别有风味,身体的一侧被寒冷的雾冻得冰凉,而另一侧则忍受着火焰的炙烤。脚底下是很烫的,哈尔不得不踮着脚走路。

蒸汽从每个石缝里喷出来。如果走路时不小心让蒸汽喷到你的裤子里,你就会感到好像是被送上蒸笼一样。

落下的石块到达很远的山边时已经凉了,但在这里却是热的,如果有一块石头落到你的肩膀上,立即就会把衣服烧坏。孩子们都喜欢向悬崖下扔石块玩,当哈尔拾起一块水晶般的石块准备把它扔进火山口时,禁不住惊叫一声,把石头撇在地上,并用嘴吸吮着被烫坏的手指。

博士正在测量火山口边缘的地形,每一个小丘和洼地,每一个裂缝和喷气孔都经过仔细的检测,并把这些数据和现象记录到笔记本上。

轰鸣声震耳欲聋。与之相比,即使一座机声隆隆的钢铁厂也会显得像墓地一样静谧。火山神已经咬牙切齿,怒不可遏了。紧接着,把岩浆像火箭一样喷射到昏暗的高空,随着下落由白色变成红色,落在岩石上。黏稠的岩浆慢慢地摊开,逐渐冷却成生面团的样子,但依然发着耀眼的红光,散发着巨大的热量。

博士迅速跑过来,用他的温度计测量温度。他把读数给孩子们看了看——1100摄氏度。

丹博士没有说话,只是摇了摇头,这足以说明问题的严重性了。孩子们懂得他的警告,这些落下来的布丁状的熔岩是很危险的。他们必须不停地看着上面,以免遭到袭击。如果被其中一块击中,不难想象会产生什么后果。一碰上这比沸水的温度还高10

3 火山口

倍的熔岩，衣服立刻就会被点着，你就会像一支罗马教堂里的蜡烛一样被烧掉。"

很难同时注意天空和地面，罗杰不得不斜着眼看。他多么渴望能成为一只能用一只眼睛看一个方向，而用另一只眼睛看相反方向的鸟啊。

忽然，雾散开了，太阳照亮了沉闷的灰色废墟和黑色熔岩，不断上升的蒸汽在阳光的照射下形成一道彩虹，最后一片云雾幽灵般地消失了。

几个人停住脚步，欣赏着周围的景色。山下几千米以外，散落着日本的村庄，棋盘似的稻田宽阔而平坦。在小山丘的顶上，坐落着神道的庙宇和宝塔。清清的溪水顺着山涧蜿蜒流淌，在阳光的照耀下，泛着闪闪银光。峡谷后面，山峦起伏，远远望去，一片郁郁葱葱。南面，耸立着雄伟的富士山。向西看，辽阔的日本海碧波荡漾。

"啪！"一块炽热的岩浆落在离他们不到3米远的地方。这可不是赏景的时候，他们又提心吊胆地朝前走去。

毒气使他们睁不开眼，咽喉疼痛，有时简直透不过气来。于是，他们不得不停下来等待着变幻不定的风吹来一丝新鲜空气。

当微风把烟雾吹走，把烟柱和火舌吹向一侧时，他们有机会第一次看到了火山口内部的景象，真是触目惊心。哈尔不自觉地看了丹博士一眼，发觉他的脸色也变了。

他似乎不再是那位冷静的科学家，只见他紧闭双唇，目光呆滞地盯着这个可怕的深渊。他的脸上出现了一种恐惧的表情，但又不像是害怕。那是一种茫然、冰冷的表情。

哈尔怀疑他是否失去了知觉。他担心丹博士会失足落到下面去，便伸出一只手抓住了他的胳膊。他觉得丹博士的身体像一尊大理石雕像一样。

丹博士没有发觉哈尔，仿佛根本就不知道他的存在似的，站在那里一动不动。

哈尔试图摇动他，但他似乎变成了石头人，颧骨凸出，脖子僵硬，手攥得紧紧的。

他就这样站了足有两分钟。

终于，他的脸上又现出了一点儿红润，哈尔抓着的那只胳膊也不再那么僵硬，眼睛也灵活了。他的目光从那只紧抓着他的胳膊的手，移到哈尔的脸上，不解地朝他微笑着，仿佛不明白哈尔干吗要抓住他。哈尔松开了手。博士用手指了指深渊底部的熔岩源，他又恢复了常态，又成了一位镇定自若、对科学充满热情的科学家。显然他一点儿也记不起刚才那可怕的两分钟里所发生的一切了。

"浅间"是无底的意思，许多世纪以来，日本人一直认为这座火山是一个无底洞。但近几年来，火山底部不断上升，现在已能清楚地看到下面180米的地方。

在那里，炽热的熔岩喷向空中，有的只喷到火山口就又落了下去；有的则能飞到几千米的高空，落到火山顶上，这对火山探险家来说是十分危险的。

熔岩流下面是一个由熔化的岩石形成的白热的熔岩湖，沸腾的"湖水"像大河里的旋涡一样翻腾着。熔岩里的气泡因受高温而炸开，燃起一股股火苗。巨大的石块被抛起来，撞在石壁上，

3 火山口

落下去，然后又被抛得更高，成千块碎石像子弹一样飞向高空。从石缝里喷出来的蒸汽，就像从巨龙的鼻孔里喷出的烟，发出可怕的"咝咝"声。孩子们都用手堵住耳朵。

博士并不在乎这些，他把温度计对准火山底部，温度计显示出 2500 摄氏度。把数字记下来后，他又指着火山口内壁 15 米处的一块橙黄色区域，趁着噪声比较低的时候，说道：

"我想下去看看那块东西。"

他从肩膀上取下绳子。这条绳子是尼龙制成的，尽管很细，很轻，却非常结实。博士把绳子一头系在自己身上，一头递给两个孩子。

"往下放，一定要稳住。"他说。

他踩着陡峭的火山口壁向下滑，灼热的火山灰使他的脚不时地打滑。孩子们慢慢地向下放着绳子。每当他脚下一滑，他们就特别紧张，担心他会掉下去。

他终于到达了那个颜色独特的矿物层，并开始用分光镜进行观测。孩子们紧紧地抓住绳子，哈尔为他捏着一把汗，如果一块黏黏糊糊、咝咝作响的熔岩落到绳子上把它烧断，那会发生什么事情呢？

博士抬起头来，向他们打了个手势，示意他准备返回了。孩子们齐心合力向上拉绳子，他踩着不断下滑的火山灰爬了上来。

当他重新站在他们身边时，两个孩子由于紧张和兴奋，都说不出话来，但博士对他爬进一个正在喷发的火山口中的壮举似乎无动于衷。

火山口周长大约有 1600 米，经过艰难的考察，他们终于又回到了出发地点。他们想去寻找那3个日本人,但这时火山口里喷出的滚滚浓烟又飘了过来,挡住了他们的视线。

忽然,穿过烟幕,两个人影向他们跑过来,他们认出这是户栗和町田。两个人都有点惊慌失措。

"你们过来,"户栗喊道,"到这儿来——快——看。"

他们转身又跑进烟幕里,丹博士和两个孩子也急忙跟了过去。几个人在一堆蓝色的东西旁停了下来。

4

灰心丧气的学生

那是一件蓝色的学生制服。哈尔把它捡起来,立刻想到发生了什么事。

"牛房有什么伤心事吧?"他问町田,"看起来他很不高兴。"

"牛房参加英语考试,"町田说,"他没及格——成绩不好。"

哈尔觉得如果一个学生有一个像户栗这样的英语老师,英语考试能及格那才是件怪事呢。

他们走到火山口边缘向下看,但什么也看不见,烟雾把视线挡住了。

"我们走吧,"町田说,"回去告诉他妈妈。"

"等一下,"丹博士说,"他也许还活着,我下去看看。"

两个日本人惊讶地看着他。

"进入火山口?"町田喊道,"谁也办不到。"

"他不会一直掉下去,也许会落在一块突出的岩石上。"丹博士边说边把绳子解开,开始把一端系在自己身上。

哈尔又向深渊里望了望。太阳已经很高了,烈日当头,但仍然穿不透那一层层烟雾。一想到要像瞎子一样进入火山口,哈尔不禁出了一身冷汗。但如果牛房真的掉进里面的话,那是哈尔的错,至少哈尔这样认为。他埋怨自己:当看到牛房情绪不好时为什么没回到他身边。

"把绳子给我,"他冲丹博士说,"该我下去了。"

丹博士摇了摇头。但当他看到哈尔决心已定时,就把绳子从胸部解了下来。

哈尔抹了一把脸上的汗。来自火山口里的热气加上火辣辣的太阳,使他有点恶心,从下面冒出的瓦斯呛得他透不过气来。

"开始吧!"他说,"把绳子拉紧!"

他小心翼翼地靠近火山口壁,身子立刻随着火山灰向下一滑,幸亏其他人紧紧抓住了绳子才把他拉住了。

哈尔抬起头最后看了一眼他的弟弟、博士,还有两个日本人。他还能再见到他们——这4个人吗?

4个?好像有5个。他又数了一遍。瓦斯刺得他眼睛生疼,烟雾使他看东西很吃力,但确实有5个人。4个人抓着绳子,一个人站在他们后面,正伸着脖子朝这边看。脸上带着好奇的神色,那个人用很蹩脚的英语问:

"你们要干什么?"

4个人回头一看,大吃一惊,差点儿把哈尔扔到火山口里去。哈尔赶紧爬了出来。

"牛房!"他喊道,"你没事啊!"

牛房茫然地看着他。

"你真把我们吓坏了,"丹博士说,"我们还以为你跳下去了呢!"

"很抱歉。"牛房艰难地用英语说,然后用很流利的日本话向町田解释了一下。町田转达了他的意思。

"他说这里太热了,于是他就走到那边——坐着——想,他

4 灰心丧气的学生

很伤心。"

"那件事为什么对他打击那么大呢?"哈尔不明白,"在我们国家许多孩子考试都会有不及格的情况,但他们并不觉得怎么样,他们只是继续努力。"

"啊,你不知道。"户栗说。接着,他又讲了讲牛房的身世。牛房的父亲在战争中被打死了,母亲和姐姐用拼命干活挣来的一点儿钱供他上学。他只有以取得好的学习成绩来报答母亲和姐姐。当他考试不及格时,他感到非常羞愧,他辜负了母亲和姐姐的一片苦心,邻居们也会看不起他,所以他不敢回家,也不知道该怎么办。

哈尔看着这个年轻学生的脸,被深深地打动了。这是一个很懂事的孩子,他热爱自己的母亲和姐姐,由于没有取得好的学习成绩而深感羞愧。他看起来很聪明,如果和英语好的人在一起,他的英语一定会学得很好。

哈尔把罗杰和博士拉到一边。

"听着,"他说,"我有个主意。我们还在日本待多长时间?"

"大概一个星期。"丹博士说。

"时间不算长,但我想足够了,因为他是那么渴望学习。"

"你想怎么办?"

"如果我们把牛房带在身边,每天和他用英语对话 16 个小时,我相信我们在这一周里教给他的东西比户栗一年教的东西都多。如果学校能给他一次补考的机会的话,他一定能通过考试。"

丹博士想了想,满意地笑了:"你真是个好小伙子。哈尔,我认为你这个主意行得通,关键是能不能有机会补考。咱们去问

23

问老师吧。户栗先生，到这边来一下好吗？"

户栗听完他们的计划后非常高兴。是的，他保证学校会给他一次补考的机会。"学校知道我是不太称职的英语教师，"他谦卑地说，"我也知道我不称职。但学校找不到更好的英语老师，聘请英国人和美国人的聘金又太高，我们只能尽力而为。跟你们一起生活一个星期的时间，我想牛房一定能通过考试。"

"町田怎么办？"哈尔问道。

"噢，町田是专科生，他不学英语。"

他们走到牛房身边，户栗把哈尔的计划告诉了他。牛房做梦也没想到，为什么这几个陌生的外国人对他这么好呢？他看着哈尔，目光中流露出感激之情，但却不知道该说什么好。两颗大大的泪珠顺着面颊滚了下来。他眼里含着泪花，微笑着用英语说：

"我非常感谢！"

"我先跟他回家，"户栗说，"告诉他母亲，然后我们在东京见，好吗？"

一致同意。

"既然没事了，"丹博士说，"我们还是离开这儿吧，这座火山不可靠，刚才的半小时它太安静了，我想它也许正准备给我们来一个熔岩浴。"

他们向山下走去，但走的却是另一条路，丹博士想看一看被熔岩埋没的48座村庄的遗址。

当他们下山的时候，火山神又开始咆哮起来，就好像是因为这六块到了嘴边的肉又逃跑了而引起的愤怒一样。博士不时地停下来把温度计插到炽热的火山灰里，最外面一层只不过有点烫

4 灰心丧气的学生

手,而表面以下 1 米处却是 200 摄氏度!

"我们可以煎鸡蛋了,"丹博士说,"如果我们有的话。"

这句话提醒了他们,肚子又饿了。于是他们停了下来,把剩下的巧克力、米饭和鱼吃掉。他们吃饭的时候没有坐下来,也不是站着不动,而是不停地跳。只有这样,他们的脚才不致被烫坏。

随后,博士又催促他们上路了,浅间火山的咆哮声越来越大了。

5

大力士

尽管是下山,但仍然很艰难。头上太阳晒,地上热气烤,还要爬上爬下,越过一块块巨大的岩石,而且大多数岩石都很坚实,重量可达几吨、几十吨。然而使罗杰惊讶的是,当他撞上一块像一匹马那样大的岩石时,竟把这块巨石撞动了。原来石块上布满了筛子眼儿似的小洞,看起来像一个大蜂窝。

一个调皮的主意出现在罗杰的脑子里。他喜欢和既比他强壮,又比他聪明的哥哥玩恶作剧。

他们停下来休息,罗杰说:

"哈尔,你没事吧?"

哈尔瞪着他问:"你这是什么意思,没事?"

"你是病了还是怎么了?"

"当然没有。怎么回事?"

"噢,你脸色不太好,我担心你虚弱的身体经不起这次旅行的折磨。看起来你已经筋疲力尽了。"

"我累了?怕是你精神失常了吧。如果说有人累的话,那就是你。你这小东西,大概我们要用担架把你抬回家了。"

"好吧,"罗杰说,"想知道谁累了并不难,你能把多大的石头搬起来扔到山下去?"

哈尔向四周看了看,选了一块和他的头一样大的石块。他抱

5 大力士

住石块，吃力地把它搬起来，然后顺着斜坡扔了下去。

"瞧，"他对罗杰说，"如果你能扔下它的一半大的石头，我就封你做五朔节[①]王。"

"让我来试试这一块吧。"罗杰边说边去搬那块像马一样巨大的石块。

哈尔差点儿笑出来，说："别不自量力了，小家伙，你连推都推不动，更别说把它搬起来了。"

罗杰绷紧浑身强壮的肌肉，抱着那块巨石直起腰来，然后把它扔到了山下。

哈尔目瞪口呆，吃惊地看着罗杰，然后转向哈哈大笑的博士。

"这不可能，"哈尔嘟囔着，"这绝不可能！"

"要弄清真相很容易，罗杰，"丹博士边笑边说，"咱们下去看看那块大石头吧。"

他们来到石头边，丹博士用手把它前后摇来摇去，就像推一个摇篮一样轻松。它轻得像纸糊的一样，根本不像块石头。

"这是浮石，"丹博士说，"就是能够浮起来的石头，它的确能漂在水上，是世界上最轻的石头。"

"这是火山喷发后形成的吗？"

"是的，它确实是熔岩，是变成了泡沫的熔岩。你知道，水变成泡沫后是很轻的，这是因为它里面充满了气体。同样，这是

[①] 五朔节，英国的风俗节日，这天，人们选出女王，做各种游戏，进行欢庆活动。——译者注

5 大力士

岩石泡沫,也是由气泡组成的,气泡里也有气体,有的比空气还轻。有些气泡破裂了,就形成了这些洞。"

"它真的能像木筏一样漂在水上吗?"罗杰不太相信。

"真的,当喀拉喀托火山喷发时,许多浮石堆在一起就形成了一个宽5千米的巨大的浮岛。有些人以为它很结实,就在上面盖了房子。有一天早晨,当他们醒来以后,发现他们的岛被昨夜的暴风吹到了茫茫大海之中。18天后他们才被一艘过路的船搭救了。"

"我想坐坐这种浮石筏子。"

"当你研究海洋火山的时候就有机会了。现在我们还是不要说了,快走吧。我不喜欢听火山发出来的声音。"

他们继续顺着山坡向下走去。但孩子们对博士所讲的故事太感兴趣了,怎么也安静不下来。"那么,火山是怎么形成的呢?"罗杰问道。

丹博士笑了,说:"那可是个相当大的问题。你下过矿井吗?"

"下过。我们在宾夕法尼亚下过煤矿。"

"下面是冷还是热呢?"

"是热的,越往下走越热。我们都快被熔化了。"

"对,如果你能够继续向下走,好比说走上30千米,你们就会真的被熔化了,同时你会发现你周围的一切都呈熔融状态。石头在几千摄氏度的高温下也会变成热粥,就像钢铁厂的铁矿石被熔化一样。现在,假设你踩到一个橘子上会怎么样呢?"

"它会裂开,橘子汁也会喷出来。"

"正是这个道理。想想看,千百万吨重的地壳压在石头粥上会怎么样呢?自然,如果它能找到一个裂缝就会喷出来,那就是火山口。火山口就是地球表面的裂缝,石头粥找到了逃跑的机会就会冒出来。那石头粥就是通常所说的岩浆,也就是处于液体状态的岩石。它可以是任何一种岩石,也可以是几种岩石的混合体——没关系,都叫岩浆。

"当然,当岩浆从裂缝中喷出来的时候,它会把石头和污物也一起带到天空。如果雨水顺着裂缝渗下去,就会由于高温而变成蒸汽。你们知道蒸汽的力量有多大吗?例如,火车头的蒸汽能带动一列火车。火山的蒸汽会引起可怕的爆炸,使成千上万的人死亡。爆炸还可能使火山口裂开,这时,岩浆就会像汹涌的河水一样流出来,淹没许多城镇和乡村。这正是这里所发生过的事情。你们脚下30米深的地方就是一条熔岩河,在它下面有数以千计的日本房屋,里面有男人、女人和孩子,10000多人被永远埋葬了。"

"为什么是永远呢?"哈尔问道,"维苏威火山埋葬了庞贝城,但现在他们已经把那座城市发掘出来了。"

"是的,可是庞贝城是被火山灰覆盖的,不是熔岩,灰是很容易被铲掉的。但这48座日本村庄却是躺在30米厚的熔岩下面。"

"这种事还会发生吗?"

"恐怕还会的。日本火山学家认为浅间火山正在酝酿另一次大爆发。通过今天的观测,我也开始同意他们的意见了。火山口里熔岩湖的高度,以每年5米的速度上涨。没有人能够准确地预

5 大力士

测,但很可能在 10 年之内,浅间火山就会有另一次壮观的表演。同时,在那以前,它还会有许多小'节目',而每个小'节目'都足以置我们于死地,所以我们还是快走吧。"

浅间火山现在像野牛一样吼叫着,几千米长的火舌伸向蓝天,半凝固的熔岩落在岩石上,每个人都得随时注意着上面,以便及时躲避落下来的东西。

尽管这样,还是有一块黏黏糊糊的炽热的熔岩落在了町田的衣袖上。衣服立刻燃烧起来。为了把火扑灭,町田把衣服脱下来在岩石上摔打。火终于灭了,但衣服也被烧得破烂不堪了。他只好把它扔到一边。

6 个人更紧张了。

"在这个熔岩流古道的下游,有一个小客店。"丹博士说,"如果我们能到那儿,就没事了。"

从火山喷出的大量灰尘在天空中形成一片黑云,遮天蔽日。天黑得就像深夜而不是中午,短促的闪光不时划破"夜空"。

"那是闪电吗?"哈尔问道。

"是的,雷电在火山上是很常见的,因为火山散发出的热破坏了大气的电平衡。说不定一会儿还要下雨呢!"

雨说来就来,一场倾盆大雨从天而降。它并不像一般的雨水那样干净清澈,而是一场泥雨。雨水夹着天上的火山灰,像稀泥一样落下来。

"火山神可真能干!"罗杰抱怨着,"可我从来也没想到他会向我们扔泥馅饼。"

不到 10 分钟,他们从头到脚都被涂上了一层泥灰,看起来就像泥塑的一样。泥水不停地往嘴里和眼睛里流,想躲也躲不开。泥水还堵住了他们的耳朵,使他们几乎什么也听不见。他们的脚也像被胶水粘住了似的,很难迈步。6个泥人在不寻常的昏暗中摇摇摆摆地走着。要是迷了路怎么办?哈尔焦急地看着丹博士。他希望博士千万别唱歌,也不要发生在火山口边缘时那样的情况。毫无疑问,只有博士才能把他们领到安全的地方。

然而博士看起来非常镇定,他轻松地爬过岩石,就好像他身上沉重的黏黏糊糊的泥巴对他毫无影响似的。户栗似乎也认得路。

渐渐地,前面出现了一点儿光亮,那正是一个日本旅店门口的灯。

当他们走到屋檐下,避开那发了疯似的泥雨时,才大大地松了口气。他们想拍拍手来招呼女招待,但每人手上都戴着一副泥手套,根本发不出什么声音。

他们喊道:"早晨好!"走廊上响起一阵拖鞋声,随后一个女招待出现在他们面前。当她看到6尊泥塑站在前厅时,不禁喊了起来。老板和另外几个女招待都出来了。看到此情此景,所有的人都发出了关切的叫声和热情的笑声。

脱下泥鞋,穿上被称为草履的便鞋,6个泥人直奔浴池。他们冷得发抖,因为随着黄昏和暴雨的降临,白天的热气早已消散了。他们脱下糊满了泥的衣服,女招待立刻就拿去洗净烫好了。

6个人把一桶桶的热水浇到身上,拼命地擦着肥皂,然后用更多的热水把身上冲干净。

他们走进浴池,世界其他地方绝不会再有这种日本式的浴池

5 大力士

了。它是一个浴缸，装着1米深的很烫的水，那个大的，大概有1.5平方米，简直像个小型的游泳池。

不是到这种日本式浴缸里洗澡，而是先洗干净，再蹲到里面去，只把头露出来。在那里泡上半个多小时，能使你身上每一根神经，每一块肌肉松弛，使你忘却一切烦恼。留给你的只是对整个世界的满足和急于要大吃一顿的饥饿感。

他们就这样全身放松，尽情地浸泡在水里，然后爬出来擦干身子，各自穿上一件旅店里提供的轻便和服，被领到了准备好的房间里。

他们坐在铺着席子的地板上。面前是一张只有脚踝高的桌子。不一会儿，他们就开始大吃起来，有热米饭、熏鱼、炸虾、海藻薄脆饼、蒸牛奶蛋羹、蘑菇，还有一种用菜豆在糖浆和蜂蜜中腌制的甜食。

吃完饭后，女招待把桌子搬走了。屋里只剩下这6个人。

几个日本人觉得像到了家一样，其他人却觉得这间房子有点怪，一点儿都不像他们以前住过的旅馆。屋子里没有一件家具——没有椅子，没有床，没有桌子，没有电话，没有写字台，没有衣柜，没有梳妆台，没有地毯，也没有窗帘。

屋子里也没有尘土，简直是一尘不染。就连地板都像桌面一样干净，因为谁也不穿着鞋走进来。凉鞋一样的便鞋留在走廊外面了。地上铺着被称为"榻榻米"的稻草席子，足有几厘米厚，柔软而有弹性，十分光洁。

3个日本人懒洋洋地伸开四肢躺在地板上，其他人也学着他们的样子躺了下来。他们没想到躺在上面竟这么舒服。

5 大力士

"真不赖!"罗杰叫了起来,"疲劳的时候躺在这上面比坐在椅子上舒服多了。"

他们谈论着白天的经历。哈尔让牛房也加入他们的谈话,并不厌其烦地纠正他说的英语中的错误。

6

火山的故事

泥雨噼里啪啦地落在屋顶上,罗杰抬起头来向上望去,心想,屋顶上一定淤积了厚厚的泥。

"我一直想知道被活埋是什么滋味。"他说,"也许我们就会尝到了。"

丹博士笑了:"我想早晚雨水要战胜淤泥,并把它冲走。当然,也有可能冲不走。维苏威火山就是这样把赫尔库拉尼姆埋葬在一片泥海下面的。"

"你爬过维苏威火山吗?"哈尔问。

"爬过,比起浅间火山来,还比较容易爬,它只有1200多米高。在山顶上你可以饱览那不勒斯海湾和卡普里岛的美丽景色,你还能看到一个发怒的火山口。维苏威火山曾多次把它的山顶掀掉,而且可能还会这么干。但最恶劣的是它埋葬了庞贝和赫尔库拉尼姆。

"公元79年,那是一个十分可怕的日子!那天早晨,当人们走出他们的房子时,看到维苏威火山顶上有一片巨大的黑云,里面闪电纵横交错,雷声顺着山坡滚下来。

"随后是一阵猛烈的地震。大地颤抖着,人们站都站不稳,一个个跌倒了。大街上出现了很宽的裂缝,连马车都无法越过。

"伴随着爆炸,山开始抖动。乌云在城市上空翻滚,天空变

6 火山的故事

得一片漆黑,只有借着闪电才能看清眼前的景象。

"布丁状的熔岩,就像我们今天看到的那样开始喷流,许多人被烧死了。无数的小块浮石暴雨般地落下来,带有硫黄味的蒸汽呛得人们不停地咳嗽,接着就下起了灰雨,成吨成吨的火山灰。开始时并没有引起人们太大的注意,他们只是在上面走来走去,觉得很新鲜。孩子们在灰里玩得更高兴,他们把灰团扔来扔去。那时,地上的火山灰才只有一脚深。

"但火山灰倾盆大雨似的不停地落下来,很快就没过了人们的膝盖。他们躲到屋子里,但这时地震了,房子摇摇晃晃,砖瓦石块砸到他们的头上,他们不得不又回到大街上。

"火山灰已经埋到了他们的胸部,这时人们才真的害怕了。他们开始设法离开那座城市。一些人逃走了,但更多的人却无法逃脱这天降的灾祸,因为这时火山灰已经堆到了人们的头顶上。他们就这样被活埋了。

"火山灰仍然落个不停,房屋被覆盖了,剧院和高大的公共建筑物也相继被吞没了。最后除了一片灰的旷野以外,什么也没有了,那座城市被深深地埋在了火山灰下面。

"这就是庞贝城的遭遇。赫尔库拉尼姆的遭遇和它有点不同——更加悲惨。倾盆大雨把火山灰变成了泥。

"这里的人们也不敢待在屋子里,因为地震把他们的房子摇得吱吱作响。他们来到大街上,想蹚着泥水走出这座城市,但寸步难行。泥浆已经没过了他们的膝盖,黏得像胶水和水泥一样。

"泥浆很快牢牢地粘住了他们,一点儿也动不了。人们大声呼救,但这时都已经自身难保,谁也救不了谁。泥浆到了他们的腰部、颈部，淹没了他们的嘴、鼻子、眼睛，直到头顶。最后，连最高的建筑物也被埋到900多米深的泥浆下面。

"后来雨停了，混杂着碎石的泥浆变得又干又硬，很像混凝土。这样，赫尔库拉尼姆人就在他们的巨大的'水泥棺材'里站了1800年。后来的人们忘记了他们曾经存在于世，并在他们的头顶上盖了房子。

"现在，人们正在试图挖掘出这些城市。庞贝城大部分已经出土了，但那'水泥棺材'却使挖掘者们'望洋兴叹'。他们不能破坏新的城镇，只能在下面打洞。他们已经挖到了剧院和几处美丽的庙宇。这是一项极其艰苦的工作，也许城市的大部分将会永远埋在地下。"

"这就是火山所做的一切！"罗杰感到惊讶，"它把这48座村庄埋在熔岩下面，把庞贝城淹没在火山灰里，把赫尔库拉尼姆城埋在泥浆下面。"

"可这还不是所有的。"丹博士说，"不用熔岩、火山灰和泥浆也能摧毁一座城市。知道培雷火山是怎样在5分钟内使40000多人丧生的吗？"

"给我们讲讲吧。"哈尔催促着。

"讲起来也不会花多少时间，因为那件事发生的过程就很短暂。培雷火山——你们知道它在哪儿吗？在西印度群岛美丽的马提尼克岛上。它已经轰鸣了好几天，可火山脚下圣皮埃尔城的居民们根本不在乎，在这一点上他们还不如动物聪明。

"野生动物都离开了火山，就连蛇也爬走了，鸟儿也停止了歌唱，飞到别的岛上去了。

6 火山的故事

"一天,早晨7点半钟的时候,火山停止了轰鸣,大地一片寂静。'啊,'一个人对另一个人说,'你看我们没有逃走还是明智的,培雷老爹已经安静下来了。'

"宁静持续了15分钟,忽然一声震耳欲聋的爆炸声,就像成千上万门大炮发出的吼声。顷刻间,整个山体炸开来,一片巨大的紫色气云飓风般地冲到这座城市的上空。

"里面到处是'Z'字形的闪电,还有一团团刺眼的火焰。气云是由燃烧的气体形成的,灼热无比。

"人们还没有反应过来,气云就已经烧到了他们的身上。

"我说过,40000多人是在5分钟内丧生的,其实还不到5分钟,爆炸产生的影响几乎是瞬间的。

"白炽的气云直奔圣皮埃尔港,致使16艘船沉没。港湾里的水都快沸腾了。只有两条船死里逃生,但船员却快死光了。气云把其他的船烧着了,滚滚热浪腾空而起。

"还有一些船是被酒点着的,你能想得到吗?城里储存的几千桶酒,由于高温引起爆炸,燃烧着的酒像河水一样流过街道,流到海里,把船点着了。

"侥幸逃脱的两条船上的船员,看到了一种可怕的景象:整个城市都在燃烧,房屋成了废墟,大树被连根拔起,看不见人迹,听不到一点儿人声。水手们相信,除他们之外,其他人一定都死了。

"但他们错了,有一个人,也只有一个人还活着。他是4天以后被救护队发现的,这个人原是监狱里的一个犯人,被关在一个很深的、毒气和火焰都到不了的地牢里。

"在那里,他什么也看不见,囚室里没有窗户,但他通过嘈杂的声音和传到地牢里的热气知道一定发生了什么可怕的事情。不久,一切都平静了。

"一连4天他没吃没喝,几乎连新鲜空气也没有了。他大声呼救,但毫无用处。他觉得他是圣皮埃尔城最不幸的人。

"后来他才发现,原来他是最幸运的人。他被救出来,亲眼看到了城市的废墟。这是历史上最富有戏剧性的命运安排,一个被指控犯了谋杀罪并被判处死刑的人,却成了全城唯一的幸存者。"

火山的故事整整讲了一个下午。他们觉得能够来到这个温暖干燥的小客店里休息,真是太幸运了。

晚饭以后,女招待拿来了被褥,铺在地板上就成了一个6米宽的大床。然后在上面放上6个圆形的小枕头,他们6个人钻进了被窝。

所有这一切,对日本人来说是很平常的,但对其他来访者来说,由于他们比日本人高,被子显得有点短,脚都伸到被子外面去了。他们尽量蜷曲着身子,不久就睡着了。

几个小时过去了,除了泥雨"啪啪"地落在屋顶上外,听不到别的声音。

大概在凌晨两点钟,一阵强烈的地震把屋子震得摇摇晃晃,发出"咔咔"的撞击声,一声尖叫划破了夜空,那不是女人的尖叫声,而是一个男人的声音。哈尔突然觉得被子上一阵骚动,一个人尖叫着从他身上跑过去。

哈尔摸索着打开灯。

6 火山的故事

丹博士正在狂躁地用拳头打着墙,他身上的睡衣还不到膝盖,像超短裙一样。

然后,他打开了通向花园的用纸糊着的木板门,刚要冲出去,他又突然停止了叫喊,慢慢转过身来,看着灯发愣。5个惊呆了的人坐在"床"上看着他。

博士的脸上显出一种迷惑不解的表情,当他发现自己站在"床"下时,似乎有点奇怪,他关上灯又爬到了"床"上。

"怎么了?"罗杰迷迷糊糊地问道。

"躺下。"哈尔警告他说。

其他人很快又睡着了,但哈尔却在黑暗中睁大眼睛,既奇怪又担心博士的怪异举动。

为什么他那么怕地震呢?地震在日本经常发生,据报道是每天四次,但大多数太弱了,只有借助地震仪才能测到。特别是一个研究火山的人,应该习惯这种事情。

博士绝不是懦夫,哈尔回想起这令人兴奋的一天中博士是多么镇定地面对困难。然而,在火山口边缘,当博士向火山口内观望时,却浑身僵硬,那可怕的两分钟怎么解释呢?而当事情过去之后,他又似乎完全忘记了所发生的一切,镇定自若地被系在绳子的一头下放到火山口里。

一切都令人费解。会不会是过去博士在火山上有一段可怕的经历,大脑或神经系统受了刺激?这些是否就是他的行为有时失去控制的原因呢?

这种情况,似乎使哈尔的处境很危险,它不仅威胁到博士本身,而且也威胁到罗杰和他自己。他们能跟着一个半疯的科学家去探索正在喷火的火山吗？如果他能保持清醒，当然是一位最好的、最能干的火山学家。但如果他在一些关键时刻失去理智会怎么样呢？后果将不堪设想。

哈尔不知道是否应该和博士谈谈这件事。但博士也许并没有意识到出了什么问题，如果他有过一段可怕的经历，他很可能不愿意谈起它。

最好什么都不说，你不可能走到一个人身边对他说"你疯了"。再说他受的这种刺激，不管是什么样的，也许会逐渐消失的。同时哈尔想，他会日夜不停地注视着博士的一举一动，以防他伤害自己或别人。

后半夜，哈尔是在紧张的思考中度过的。

7

钟形潜水器

火山探险者们骑着骆驼,一路颠簸地来到另一个发怒的火山口边缘。

日本不是骆驼的故乡,这些骆驼是从戈壁沙漠中弄来的。多年以来,它们一直担负着把游客送到宫古岛山顶的任务。

"多美呀!"哈尔喊道。他看到了下面的大海。海面上点缀着一艘艘轮船和帆船,宫古火山耸立在东京湾入口处的一个岛上。海湾的北端是东京,西边是蓝色的山脉,西南方向是富士山的一角。南面和东面延伸到一望无际的太平洋。

然而罗杰却没有心思观看风景,只是忙着对付骆驼。"我希望这头骆驼不要在我的身上磨牙了。"他抱怨着。

那头骆驼不断地回过头要咬罗杰的腿。

"别让它咬着你,"丹博士警告他,"骆驼不刷牙,让它们咬着会中毒的。"

户栗和町田回家了,而牛房在看望了他母亲以后,已经返回来准备和这几个火山探险者一起度过一个星期。他现在很高兴,只要有人和他谈话,他就喋喋不休地说个不停。他正在像海绵吸水一样吸取着英语知识。

"你不是说要让我们大吃一惊吗?"哈尔问丹博士,"你准备什么时候告诉我们?"

丹博士笑着说:"很快你们就会亲眼看见了,不过现在我也可以先给你们透点风。你们已经乘潜水钟潜到过海里了,你们认为坐潜水钟到火山口里怎么样?"

两个孩子一时不知所措,惊异地盯着博士。这个问题的确使他们大吃一惊。

"一年前我在日本时,"丹博士说,"有一次我和一个在《读卖新闻》当编辑的朋友聊天,他问到我的火山计划,我告诉他说,我希望有一天能够到宫古火山口里去。我需要一种类似在海上使用的潜水钟之类的工具。就像潜水钟能把海水隔开一样,这种工具要能隔离毒气。

"那位编辑对我的计划很感兴趣。他说他的报社愿意和我合作完成这一计划。《读卖新闻》愿意承担一切实验费用。因为这对他的报社来说也是一条重大新闻。如果我告诉他们怎么做的话,他们就在我回日本以前把潜水钟造好。

"现在他们已经履行了诺言,那个潜水钟正在火山口等着我们呢。"

"这种事情以前有人干过吗?"哈尔问。

"有过几次,一个叫克纳的人在斯特隆博利火山口下潜了200多米,另一个叫理查德的探险家乘坐一种竹编的吊篮潜入了爪哇的拉翁火山口,但他出了事。事故就发生在他的吊篮上。但愿我们的潜水钟会干得很出色。"

哈尔衷心祝愿博士的愿望能够实现,至少不能说博士胆小了。

他们已经能够看到火山口了,一个巨大的烟柱直冲云霄。

7 钟形潜水器

"在那儿!"罗杰喊道。火山口附近,一个巨大的由玻璃和钢制成的钟形物体在阳光下闪闪发亮。它的旁边放着一台起重机。几个日本人正在检查那个由玻璃和钢制成的潜水钟。两个孩子催着骆驼急不可待地来到现场。

他们跳下骆驼,丹博士把他们介绍给《读卖新闻》的编辑和他的朋友们。

丹博士和两个孩子很仔细地观察潜水钟。它是圆形的,高约2.1米,直径约1.8米。下部用钢材制成,上部由玻璃制成并用钢材加固。整个潜水钟都是双层的,中间有一个空气夹层,是用来隔热的。钟顶部是钢的,中间有一个大铁环,是用来系缆绳的。

丹博士打开钢制的密封门走到里面,一层厚厚的石棉垫铺在地板上,墙壁和天花板也都是隔热的。

"一切都合格吧,"编辑说,"你们看,我们还在里面装了电话,以便随时保持联系。如果你们遇到什么麻烦,只要一打电话,我们就会立即把你们拉上来。噢,这里还有一条狗。"

小狗被拴在一根绳子上,大地的颤抖和火山喷出的烟雾使它不安地呜呜叫着。

"狗有什么用?"哈尔问道。

"我也有点奇怪。"丹博士承认,"不过我想我应该知道这位编辑先生为什么把它带来。我曾经告诉过他,当年理查德下到拉翁火山口时就带着一条狗,如果有一氧化碳气体的话,狗就会向他报警。你们知道,一氧化碳是一种非常危险的无味气体,比空气密度小。一旦有一氧化碳气体漏进潜水舱内,就会浮在地板附近,这样狗就会首先有反应,而人就可以在一氧化碳气体扩散之前有充分的时间发出信号,这是一个很好的办法,只不过狗就倒霉了。"

那只小狗用抗议的目光看着丹博士,不断发出呜呜的哀叫声。

"我还是不带狗试试吧。"丹博士说,"把那袋仪器递给我。哈尔,我准备下去了。"

"可你不能一个人下去。"哈尔阻止他。

"为什么不能?"

哈尔当然不能告诉他为什么,他心里很明白其中的原因。如果在火山口里博士又出现那奇怪的一瞬间怎么办,必须有一个人和他一起去。

"你可能需要一点儿帮助。"哈尔说,"我也下去。"

"我也去。"罗杰突然插嘴道。

丹博士朝他两个人笑了笑。"我迟早会把你们培养成火山人的。"他说,"你们似乎没有意识到这是一项危险的实验。那个钟会被安然无恙地放下去,但能不能回来还是一个问题,而且随时都会发生不测。如果你们决心要去,哈尔,我带你去。座舱只能坐两个人,罗杰就得待在上面了。"

罗杰失望地看着他俩,他为失去了这次探险的机会而感到遗憾。

哈尔和博士走进潜水钟坐下来,编辑同他们握了握手,仿佛再也见不到他们了。门被关上并上了锁。丹博士首先试验了一下电话。

"能听见我的声音吗?编辑先生!"

7 钟形潜水器

47

编辑先生把耳机紧紧地套在头上，回答道："听得很清楚。"

"很好，我们开始吧。"

起重机的马达开动了，缆绳被拉紧了，钩子在叮当声中挂住了吊环。钟开始摇晃起来，两个人紧紧抓住内壁上的扶手来保持平衡。

潜水钟离开地面上升了大约3米，然后在火山口上面摇晃着停了一下，好像是给它的乘客最后一次改变主意的机会。

在即将进入深渊的时刻，哈尔觉得心情沉重。他忽然恨自己为什么要离开上面美丽的世界，而下到这地狱般的火山口，谁知道会出什么事呢。他抬起头又看了看海面上白色的帆船、绵延不断的日本列岛和远处那平静的富士山。

日本人站在火山口边缘观察被吊在半空中的潜水钟，稍远处，一些游客正在祈祷，并不断地把点着的香扔进火山口里，以表示他们对隐藏在火山口底部的火山神的崇拜。

哈尔透过潜水钟底部的一个小玻璃窗向下看，使他头晕目眩。红色的绝壁一眼望不到底，当滚滚浓烟散开时，他能看到好几百米深，但仍然看不到底。他做梦时，曾有过在万丈峭壁上一脚踩空的感觉，现在的感觉就和做梦时一样，只不过他现在不是做梦。下面烈火熊熊，一声爆炸，震得山动钟摇，要潜入这个可怕的深渊的想法可真是……

博士通过电话下达了命令："下降！"

潜水钟开始下降，博士已经忙着进行观察了，他不断地看着袖珍高度仪。

"我们现在是在海拔766米。"他说。

7 钟形潜水器

远处的景色消失了,他们现在已经进入了火山口。顺着血红色的火山口壁继续下落,浅绿色或深蓝色的小斑块到处可见。博士把每一种现象都记录到笔记本上。

他不时地要求停一下,以便更加仔细地观察沉积层。他一会儿记下温度计上的读数,一会儿又看看高度仪显示的深度。

"我们已经下降了30米。""继续下降。""60米。""下降,下降。""90米。"

哈尔正在透过地板窗向下看。"在峭壁上有一块突出的岩石,我担心我们会撞上它。"他说。

"我们可以擦着边过去。"丹博士通过电话对上面的人说,"请慢一点儿,再慢一点儿。"

但潜水钟没有完全躲过那块石头,而是卡在了石头边上,它的一侧开始向深渊倾斜。

"停!"丹博士喊叫,"停止下降!"

这个命令没有被立即执行,钟倾斜得越来越厉害,忽然从石头上滑了下来,在空中荡来荡去,撞到峭壁上,发出刺耳的声音,厚厚的玻璃也差点儿被撞碎。随后又一次撞到峭壁上,但没有第一次那么严重。潜水钟第三次荡回来时没有撞到峭壁上。

哈尔紧紧地抓着扶手,顾不得自己害怕,却一直盯着博士的脸。博士的脸色苍白,目光发直。

哈尔用一只手抓住他的胳膊:"丹博士,瞧!温泉从峭壁上喷出来了,你应该把它记下来。"

火山人似乎又恢复了正常,他转过脸去看那喷泉,拿出了他的小笔记本,然后冲哈尔咧嘴笑了。

"做好继续下降的准备了吗?"

"你准备好就行了。"

下降了120米,150米,180米,210米,仍然看不到底。透过玫瑰色和蓝色的滚滚浓烟所能看到的,只是橘红色火焰,别的什么也看不见。

240米,270米。

当他们接近那神秘的熔岩湖时,潜水钟被爆炸震得越来越厉害,不断地撞在火山口壁上。哈尔觉得,火山没有真正爆发,这可太幸运了,否则,他们这个由玻璃和钢制成的小东西,就会被抛到800米高的高空。他把他的想法告诉了丹博士。

"800米?"丹博士说,"那是小意思,如果宫古火山动起真格的来,它会比这干得更出色。在一次喷发中,它把比这个钟还大的石头扔到了5千米远的海里。瞧,那是什么?"

博士看到在突出的石坎上有一堆白色的东西。

"骷髅!"博士喊了起来。大概有三四个,一定是最近才死的,下面这么热,骨头也会很快被烧成灰的。

哈尔擦了擦流进眼睛里的汗水,尽管有隔热装置,潜水钟里还是越来越热,腾起的火焰离潜水钟太近了。他曾经替掉进或跳进火山口里的人感到惋惜,现在他开始为自己伤心了。

这时潜水钟不是平稳地下降,而是在跳动着。丹博士拿起话筒说:

"稳当点,伙计们,别老跳,太难受了,这样还会把电话线拉断。"

"发动机出了点小毛病。"上面的人回答道。

7 钟形潜水器

尽管舱里很热，哈尔仍然觉得脊梁骨发凉。发动机如果彻底失灵，他们就将永远留在这个无底洞里了。

又是一次猛烈的跳动，上面传来"啪"的一声，丹博士焦急地抬起头来，对着话筒喊道：

"喂！我们下降得够深了，把我们拉上去！喂！喂！"

没有回答。电话线已经断了，显然是发生了什么事。吊着潜水钟的缆绳固然能经得住那种震荡，但旁边的电话线可受不了。

上面的人是否知道电话线断了？如果知道了，他们就会立刻把潜水钟拉上去。

潜水钟仍在继续下降，而且平稳多了。也许上面的人正在为修好发动机而庆贺呢。

已经接近300米深了，潜水钟还在降个不停。舱里热得透不过气来。灼热的岩浆从石头缝里冒出来。潜水钟继续降到300多米。他们只是干着急，却想不出一点儿办法使潜水钟停下来。

"现在我们唯一的希望就是等他们使用电话时发现它已经出了故障。"

360多米，他们已经能够清楚地看到下面不远处的熔岩湖了。那是一个熔岩的世界，橙黄色的岩浆沸腾翻滚着，一浪高过一浪，喷出条条火舌。巨大的气泡像焰火一样在潜水钟周围炸开，爆炸声震耳欲聋。

哈尔真想大喊大叫，就像那天晚上博士那样。他看着博士，希望从他脸上看到害怕的神色。但博士这时正忙得不可开交，一个劲儿地在本子上记录着，根本顾不上害怕。大概潜水钟掉到熔岩湖里时他也要记数据。

潜水钟晃动着停下了，大概起重机上的人发现电话联系不上了。潜水钟摇摇晃晃地停在那儿，过了很长时间才开始上升。

丹博士拿出高度仪，在笔记本上记下了读数。他指着读数对哈尔说：

"一共下降了 400 多米。"

他带着一个科学家胜利完成任务的满足，咧开嘴笑了，似乎并不关心他们能不能安全返回。

可哈尔却非常担心，每当下面发生爆炸时，潜水钟就像一只受惊的猫一样跳起来。猛烈的冲击波把它甩到火山口壁上，然后像陀螺一样在空中荡来荡去。他看到外层玻璃已经有一处被撞破了，如果内层的也碎了，毒气就会涌进来。

炮弹一样的石块不断地打在钟底上。一声持续的轰鸣声过后，传来一种像上百个火车头相撞的声音，令人惊心动魄。火山神像抛垒球一样轻而易举地把潜水钟抛到岩石上，碎玻璃落到舱内，浓烟和毒气从破洞里涌进来。

哈尔急忙把衬衫塞在洞口，但起不了多大作用，一些毒气仍然从缝隙中渗进舱里。但如果起重机的发动机工作正常，上升不受阻碍的话，他们也许能及时升到火山口。

光线逐渐由火光变成阳光，时不时地，他们能透过烟雾瞥见天空。但当博士说到他们在下降时碰到的那块石头时，哈尔本来充满希望的心又沉了下去。

"我们在上升时还会碰到它。"丹博士说，"如果撞得太重，缆绳也可能被撞断。糟糕的是我不能告诉他们慢一点儿。"

他们的话音未落，头顶上就传来一声刺耳的撞击声，潜水钟

7 钟形潜水器

撞到了那块石头上,钟停住了。幸运的是缆绳还没断,但那块岩石的边缘紧紧地压住了钟顶,再想上升是不可能了。

"但愿我们能从旁边滑过去。"博士说,"看起来这似乎不可能,我们只能听天由命了。如果有一个船桨,我们就能把它推开。但去哪儿找船桨呢?也许上面那些小伙子们会有办法的。"

他把衬衫又往里塞了塞。

"尽量减轻呼吸,免得过早地把新鲜空气用完。"

上面的人确实知道了下面发生的事情,因为当烟雾散开的时候他们能清楚地看到那只钟。他们试着把它降低几十厘米,然后再升起。反复试验了几次,但每次都被岩石挡住。罗杰很着急,忘记了自己的伤心。他刚才还由于人们不许他进入火山口而感到非常恼火,他认为日本人只把他当成一个小孩子,对探险无足轻重。

"他们怎么会把你带来?你还不到 15 岁吧。"

罗杰看上去比他自己的年龄要大,实际上再过一年他才 15 岁。但他不准备承认。

"可是,"他说,"我认为年龄和经历并没有必然的联系。"

"噢,那么你对火山已经很有研究了?"

"只有一点点。"他不愿告诉这些人,他长这么大一共才登上过两座火山。

"我想,要成为一个火山学家需要进行很多的研究。"

"是的。"

编辑先生用从未有过的尊敬看着他:"恐怕我低估你了,我原以为你只不过是一个跟着玩的小孩子。现在我看得出,你是一个受过训练的非常优秀的年轻人。"

罗杰转过脸去偷偷地笑了，他唬住了这位同伴，但他并不太愿意这么干。说实在的，他还感到有点羞愧。噢，不过大话已经说出去了，就得打肿脸充胖子。于是他装模作样地发表了一通关于火山口和熔岩的议论。

当他看到潜水钟处于极端危险之中时，他立刻扔掉了假面具，又成了一个为他哥哥担心的孩子。

所有使潜水钟脱险的努力都失败了，起重机上的人无计可施，关掉了发动机。几个日本人不知所措，面面相觑。编辑先生转向罗杰。

"你是一个有经验的火山人，"他说，"请告诉我们该怎么办？"

罗杰觉得自己太渺小了，他恨不得找个洞钻进去。

"我……不知道。"他不得不承认。

"遇到这种情况你怎么办？"

"嗯，"罗杰结结巴巴地说，"我们……一般把一个人放下去，把钟推开一点儿——然后它就能从旁边滑过去了。"

"太好了！"编辑先生喊了起来，"我们怎么没想到这个主意？这儿有足够长的绳子，能把你放到那块岩石上。"

"我?!"罗杰叫了起来。

"对，除了你，我们这儿没人愿意下去，而且这显然是一个只有了解火山的人才能胜任的工作。"

罗杰一句话也说不出来。他看着那块伸出的岩石，刺鼻的烟雾和令人窒息的毒气冲到他的脸上。他站起来，脸色苍白，浑身

7 钟形潜水器

发冷。日本人正在等待着，编辑先生正焦急地看着他。

"绳子在哪儿？"罗杰说。

绳子拿来了，他学着博士的样子把它系在胸部。

然后他走向火山口边缘，没有再往下看，他不敢。当人们把绳子拉紧时，他背对着火山口，身子向下滑去。

现在他像一只蜘蛛一样被悬空吊在一根绳上，摇摇晃晃地顺着血红色的火山口壁往下降。下面的爆炸声使他毛骨悚然。当时他觉得如果有什么最不愿干的事情的话，那就是成为一名火山学家。

烟熏得他睁不开眼，要是有一个面具就好了。下面冒出的热气都快把他蒸熟了，幸运的是浓烟和热气有时被很强的气流吹到一边去，于是他便能尽情地吸一口新鲜空气，然后就再憋住气等待下一次机会。

他的脚碰到了那块突出的岩石，一点点地站到上面，然后跪下来，用手抓住岩石，向边上爬去。潜水钟的顶部还被突出的岩石紧紧地卡在那里。

罗杰抬起头来，看到上面的日本人也向下观望，他示意让潜水钟下降，过了一会儿，潜水钟向下移动了一点儿。

罗杰趴在岩石上，把头和肩膀伸出去，够到了钟顶。他示意慢慢往上提，潜水钟一点一点地上升着。罗杰使出吃奶的劲儿，用手推着钟顶。潜水钟在离岩石几厘米的地方通过了，并继续上升。当潜水钟越过那块岩石时，里面两张笑逐颜开的脸惊讶地看着这个在岩石上的孩子。

潜水钟着陆后又过了一会儿，罗杰才被拉上去，丹博士和哈尔也从充满毒气的囚室里出来了。尽管被毒气熏得头昏脑涨,但他们仍然很高兴。

哈尔自豪地看着他的弟弟,"干得不错!"他说着,一把抱住了罗杰的肩膀。那位编辑也激动地说:"在你们下去以后,多亏还有这么一个勇敢的人!了不起,他这么年轻就对火山有这么深的研究,攀登过这么多火山。"

丹博士看着罗杰,会心地笑了。罗杰的脸涨得通红,博士会把他看成一个什么人呢?他等着博士把他实际对火山的了解告诉编辑先生。

他瞥了博士一眼,博士脸上没有一丝嘲讽的表情,只带着友好的微笑。他对编辑先生只说了一句话:

"罗杰是一名优秀的火山学家。"

8

沸腾的湖

漂亮的小船"快乐女士号"向西驶去。

在他们背后,一座隐约可见的火山正在喷出数千米高的蓝玫瑰色的烟柱,那是宫古火山,就是丹博士和哈尔曾经下到火山口里的那座火山。

前面还有更多的火山,但哈尔和罗杰却不急于去攀登了。

现在他们正舒舒服服地躺在洒满阳光的甲板上,那种舒服劲儿就像回到家里一样。能再次回到"快乐女士号"的怀抱里真是太好了。

上次他们从旧金山出发,坐着这条漂亮的、18米高并装有无线电设备的帆船,为他们的父亲捕捉深海动物。从那时到现在,好像已过了很长时间。

他们对太平洋和它的波浪下面发生的事情已经知道了许多。他们发现艾克·福林特是一位优秀的船长,也是他们的一位好朋友。现在,这条船已经租给美国自然历史博物馆,用来考察太平洋上的火山。艾克仍然是船长。哈尔、罗杰和他们的波利尼西亚朋友奥默仍然是乘客。丹·亚当斯博士相信,尽管他们对火山一无所知,但他们身强力壮,聪明能干,会学得很快的。

哈尔这时正懒洋洋地躺在温暖的阳光下静静地思考着,他希望在这次探险中他们的表现没有使丹博士感到失望。

8 沸腾的湖

如果他能听到博士和艾克船长的谈话，他一定会受到很大的鼓舞。

"他们很勇敢。"博士滔滔不绝地说着，"哈尔坚持要和我一起下火山口，当我们的潜水钟被卡住时，是小罗杰下去把我们救上来的。"

神态庄重，略显苍老的艾克船长叼着烟斗。"这并不值得惊奇，"他说，"我曾亲眼看到过他们潜入深海，观察鲨鱼和章鱼，这一点点烟雾根本就吓不住他们。"

丹博士笑了："船长，你俯视过一个火山口吗？"

"大概没有。"

"好吧，我告诉你，那可不只是一点儿烟雾。震耳欲聋的爆炸声、高温、火流、气浪、飞石、浓烟，真是应有尽有。进入一个火山口可怕极了。我曾经有一次……"

艾克船长等着他继续往下讲，可博士的脸变得像大理石一样毫无表情，眼睛睁得大大的，眼珠一动不动，就像是一对镶嵌的玻璃球。

"你刚才说……"船长催促道。但那位科学家依然一动不动，这样足足过了一分钟，他才恢复常态，眼睛也能转动了，生命似乎又一次回到了他的身上。

"我想想，"他说，"说到哪儿了？噢，我刚才说到那些孩子……"

这时艾克船长却在暗自寻思："这可怜的家伙一定是想起了什么不愉快的事情。"

正在学习英语的日本学生牛房坐在哈尔和罗杰身边，不停地

8 沸腾的湖

和他们聊天。他进步很快。

相貌英俊、棕色皮肤的奥默坐在瞭望台上,一边听着甲板上的谈话,一边扫视着日本的海岸,寻找着通往下一座日本火山的航线。

"本戈!"他终于喊道,"右舵三。"小船转向右方,迎着激流和旋涡向本戈海峡驶去。

不久,日本的内海就展现在他们眼前。这大概是世界上最美的海了,海面上点缀着三千座奇异的小岛,海边群山环绕,山顶上坐落着古老的城堡和庙宇。

小船转了个圈儿,准备靠岸。眼前出现了非常奇特的景色——山坡上到处都断断续续地喷出水蒸气,各种各样的建筑物散布其间,这就是别府城。它的后面映衬着阿苏火山喷出的烟柱。

"我敢说这是世界上独一无二的城市。"丹博士对孩子们说,"这里用热水不花一分钱。不管在哪儿,只要在地上打个洞,就有热气和热水,所有的家庭都从地下取热水。水从来不断,即使让水龙头一直开着也没关系。厨房里根本就用不着木柴和煤炭,用地下的蒸汽就可以做饭。工厂也以蒸汽为动力。发电厂用蒸汽发电来供这座城市照明。别府城坐落在一座'高温锅炉'上面,有朝一日'锅炉'会爆炸的,但在那以前,人们可以尽情地利用它的能量来维持他们的生活。"

"从那些喷泉来判断,"哈尔说,"还有许多能量可以利用。"

"是的,绝大部分蒸汽喷射到空气中浪费了。大量的热水白白地流到了海湾里。如果能充分利用的话,这儿的能量足够供应

61

整个日本。"

帆船在海滩附近的海湾上停了下来。罗杰揉了揉眼睛。

"这里的人一定是专门割人脑袋的野人。"

哈尔哈哈大笑起来："你怎么知道？"

"你看那些放在沙滩上的人头。"

的确，沙滩上有一排人头，全是日本人，有男人的，有女人的，还有孩子的。有的眼睛闭着，有的睁着，好像还活着。当他看到有一些脑袋转过去和另外一些聊天时，他的眼珠都快瞪出来了。

"上岸吧，"丹博士说，"离近点就知道是怎么回事了。"他们走下船，来到海滩上。罗杰现在看清楚了，原来脑袋下面还有身子，但身子是埋在沙子里的。沙子里冒出缕缕蒸汽。

"别府城的沙浴很有名，"丹博士说，"你们要不要试试？"

这种沐浴方法真有趣，两个孩子早就跃跃欲试了。在附近的一间浴室，他们付了钱，脱下衣服，穿上运动短裤，然后走到沙滩上。

罗杰是第一个被"埋葬"的。一个老太太用铁锹在冒着蒸汽的沙子上挖了一个"墓穴"，告诉他躺到里边去。他躺下了，可立刻被烫得大叫一声跳了起来，因为那些湿沙子几乎像开水一样热。

所有的日本人的脑袋都朝他哈哈大笑，还叽叽咕咕地说个不停。罗杰知道他们在说什么："这些老外，他们什么也忍受不了。"

那个老太太对罗杰大加责备。她一把抓住罗杰的胳膊，把他拉过来，推进冒着蒸汽的"墓穴"里，不等他跳出来，就开始向他身上埋沙子，不一会儿就堆起一个"小坟堆"，只有罗杰那张

8 沸腾的湖

涨得通红的脸还露在外面。最后老太太还用铁锹在"小坟堆"上用力拍了几下。罗杰真快断气了。

罗杰想,他在这热得要命的沙子里一定待不了5分钟,可当看到其他人也被埋起来时,他的痛苦也悄悄地转变成了一种说不出的舒服,每一块肌肉和每一根神经都完全松弛了,而时间的长短已变得无关紧要。他们被闷得大汗淋漓,然而却是舒舒服服地躺着,不知不觉地就过了一个小时,当老太太拿着铁锹把他们从"坟墓"里挖出来时,他们还真想再多待一会儿。

"现在去看看沸腾的湖吧。"丹博士说,"别府城有12个这样的湖。日本人称它们是'地狱',你们看到以后就会觉得它们是名副其实了。"

第一个是"血地狱",景色让人终生难忘。湖面不大,血红色的湖水沸腾着,翻滚着,放出阵阵蒸汽,把血一样的液体喷得老高。"这是含硫化铁的缘故。"丹博士解释道,"有时候能喷90多米高。还有,信不信由你,这个小湖有150米深。"他边说边忙着观测和记录。

然后他们来到了"雷地狱"。这是一个非常喧闹的湖,里面发出的声音有低沉的隆隆声、刺耳的咝咝声、咕嘟咕嘟的冒泡声和尖厉的啸叫声。过去它曾经泛滥过,把人和房子都淹没在滚烫的沸水中。为了防止悲剧重演,日本人请来两位神灵看护它。湖的一边伫立着一尊火神像,另一边是一尊风神像。

"白湖地狱"是一个美丽的蓝色池塘,有180多米深,湖面上不断冒着气泡,丹博士说里面含有氯化钠。

一尊巨龙的雕像守卫着"金龙地狱",这样做似乎还不能控

8 沸腾的湖

制住湖水，于是又在湖边立了一圈圣僧的塑像。池塘的看守人把孩子们请进家里。在那儿，他们看到了看守人的妻子正在用刚从地下喷出的蒸汽做饭。

鳄鱼张着血盆大口，从"魔鬼地狱"中伸出头来。把这种巨大的爬行动物泡在热水里，据说是为了使它们长得更快。长大以后，人们就把它们杀死，用它们的皮做鞋和皮包。

在"海地狱"，一些野餐的人把一篮子鸡蛋放进冒泡的水里去煮。

最奇特的是沸腾瀑布。洗淋浴的人站在瀑布下面，让热水冲在肩和背上，烫得龇牙咧嘴。据说，这种淋浴可以治疗风湿。

不仅人们喜欢热水，就连动物也喜欢。孩子们得经常躲避藏在湖边的蛇和癞蛤蟆。许多猴子也聚集在附近的猴山上。这些猴子很聪明，它们经常跑到海湾潜水或用"手"捉鱼。有一只猴子还学会了开小火车，能开着火车在环形铁路上转圈。丹博士和孩子们还坐着猴司机开的火车兜了一圈。

天快黑了。

"在海滩上过夜怎么样？"丹博士提议道，"艾克船长和奥默会照顾好小船的。那个旅馆看起来不错，牛房，那块牌子上写的是什么？"

牌子上写的是日本字。牛房说："那是这个旅馆的名字，叫松树井客店。"

他们在那儿过了一夜。旅馆里很干净，吃得也不错，然而最有吸引力的还是泡在铺着瓷砖的大浴缸里，用取之不尽的、清澈的地下热水痛痛快快地洗个澡。

9

滑坡

第二天,他们向阿苏火山进发了。旅途很长,他们不得不先坐火车来到山脚下,然后艰难地攀登一块块巨大的岩石,最后终于能够俯视这个800米宽的沸腾的"无底洞"了。

几百米以下是一个雷声隆隆的硫黄湖,不时喷出道道火舌,就像一只只沾满鲜血的魔掌一样伸向站在边缘向下看的人们。

火山口里冒出的毒气使人喘不过气来,每个人都拿出手帕堵在鼻子上,以过滤呛人的硫黄味。后背被冷风"割"得生疼,而脸却被火焰烤得火辣辣的。博士照例忙着进行观察,记录数据,几个孩子一有机会就来帮助他。

从这座几千米高、冷得要命的山上下来,他们兴致勃勃地走进山坡上的一间茶馆里。在那里,他们喝了热茶,吃了一些抹着甜豆酱的小蛋糕。

"快乐女士号"又起程了,而且再次停靠在一个日本港口。这次要访问一座叫"Sakura—jima"的魔鬼火山。

"Sakura意思是樱桃,"丹博士说,"jima是岛的意思。樱桃可以理解,是那些红色岩浆的颜色,但叫它岛却名不副实。那里以前是一个岛,经过1914年那次可怕的火山喷发,熔岩把它与大陆连在一起,成了一个半岛,大陆上的城市变成了一片废墟,火山附近的一座村庄被埋在近50米深的岩浆下面,95000人无家

9 滑坡

可归。"

"它只喷发过那一次吗?"哈尔问道。

"不,在过去的 5 个世纪里这座樱桃岛火山一共喷发过 27 次。"

"但愿它不要再喷发了。"

"恐怕还会的,有人说它正在酝酿一次新的爆发。我们上去看看吧。"

开始时,路边是橘树林和菜园,它们生长在被地热烤暖的土地上,长势很好。过了树林和菜园继续往上走,眼前一片荒凉,除了黑石头以外就什么也看不见了。每次地动山摇,都会使许多石块顺着山坡滚下来,这对登山者来说是一个极大的威胁。

他们终于登上了山顶,看到了他们走访的第四个火山口。"老樱桃"是名副其实的,喷出的熔岩流颜色鲜红,波浪滚滚,一副狂暴不安的样子。不难想象,它正在"策划"着一场新的灾难。

博士取出仪器开始工作。现在哈尔和罗杰已成为他当之无愧的助手。

"咱们绕着火山口走一圈吧。"博士建议道,"为了节省时间,我们可以分成两路,两个人沿一个方向走,另两个人朝相反方向走,在那边会合。罗杰跟我在一起。"

博士和罗杰出发了,哈尔和牛房向相反的方向走去。火山口边上没有路,非常难走。由于气蚀作用,熔岩已碎成玻璃碴儿似的碎片,哈尔不小心被绊了一跤,爬起来一看,手上扎满了碎屑。

"这真是世界上最不适合散步的地方！"他一边弄掉手上的碎屑一边说。

"最不适合散步的地方。"牛房用英语重复着。

他们踩着这30厘米厚的熔岩碎片垫子一步步向前走去。不一会儿他们的鞋袜就被剐破了，腿上也淌着血。碎石头片像剃刀一样锋利。

"这是黑曜岩。"哈尔说，"古代还没有发现铁的时候，人们常用这种石头做刀。"

哈尔停下来，把他认为博士需要的东西草草地记在笔记本上。他刚停了一小会儿，脚底下就感到很烫了，于是又赶紧向前走去。

一块6米高的隆起的岩石挡在前面，好像是一个巨大的海浪在一瞬间凝结成的冰块一样。他们费了九牛二虎之力，才爬了过去，累得满头大汗，喘着粗气。

"我想我们停一下，休息一会儿。"牛房边说边坐在一块岩石上，但马上又跳了起来，石头像火炉一样烫。他们只好又蹒跚地沿着火山口向前走去。

哈尔突然停了下来，俯视着陡峭的火山口壁，大约在9米以下，有一些奇异的蓝色石块闪闪发光。

"博士一定需要那种东西，"哈尔说，"我去弄一块来做标本。"

"但你不能够，"牛房反对道，"它太难上和难下了。"

"你是说它太陡？噢，没关系，我小心一点儿就没事了。"

"但我们没有绳子。"

9 滑坡

"没绳子也行。"

他背朝火山口蹲下来,脚伸进火山口,双手紧紧地抓住石壁,小心翼翼地往下爬。幸运的是这里没有那种锋利的碎屑,倒像是不太扎手的砾石。

然而,他很快就明白了,即使是砾石也很危险。他的手脚碰掉的石块顺着石壁滚下去,一直溅落到火红的熔岩湖里。

当哈尔快够到那种蓝色的石块时,却被另一种意外情况惊呆了,他蹬着的那块石头忽然开始下滑。如果这真是滑坡的话,那他就要葬身火海了。

他努力使自己镇定下来。他知道,如果这时向上爬,就只能加快下滑速度。

他趴在岩石上,一点儿也不敢动。他的身体在一点一点地下滑着,石块也不断地从身边滚落。

下滑终于停止,但他仍然没有动。现在该怎么办呢?如果向上爬,就会再一次引起滑坡。

最好的办法就是待在原地一动不动。即使那样也很危险,他的体重也会成为引起滑坡的原因。他抬起头来,发现牛房正朝他爬下来。

"别动!"他喊道,"这样做只会使情况更糟,快去叫丹博士。"

他知道他的主意也很愚蠢,叫回丹博士需要一个小时,而现在是千钧一发的时刻,滑坡随时都可能发生。

"没时间找博士。"牛房嚷着,还是继续往下爬。

"回去,"哈尔命令道,"你什么事也不能干,不能把我们两个人的命都搭进去。"

就在这时,他发觉自己竟产生了一个奇怪的想法:如果牛房真的送了命,那他在他身上花费的心血就白费了。

牛房离他越来越近,这个傻瓜——他将要做的每一件事情,都会使他们两个人一起掉下去。

但牛房却停在离他 3 米远的一块牢固的岩石上,冲哈尔喊道:

"脱下你的……"他没法用英语说明白。于是拍了拍自己的大腿,"脱下——那个词我不知道。"

"你是说我的裤子?"

"对,对——裤子!脱下来,像我这样。"他边说边开始脱。

哈尔一时莫名其妙,觉得他大概是疯了,失去理智了。

忽然,他明白了牛房的用意。对,也许行。他小心翼翼地松开腰带。石块开始下滑时他就趴着不动,滑动停止时他就开始慢慢地脱裤子。他的动作缓慢极了,他宁可再慢一点儿也不愿由于动作不慎而引起滑坡。

裤子终于脱下来了。他把它扔给牛房,尽管他的动作非常轻微,但还是引起了石块的滑动。哈尔又向魔窟下滑了几厘米,然后停住了。牛房用腰带把两条裤子系在一起,然后趴在岩石上,把这条简陋的救命带的一头扔给哈尔。哈尔抓住了。

但牛房能把他拉上去吗?哈尔的块头儿比他大得多。

哈尔没抱多大希望。也许牛房根本就提不动他,也许裤子会被扯断,这样一来,就一定会引起滑坡,直到"扑通"一声掉进温度比开水还高 20 倍的岩浆湖里,而且还没穿裤子。这样也好,

9 滑坡

死得快点,可以少受点罪。

灼热的蒸汽,刺耳的噪声,滑坡的危险,竟使哈尔产生了一些稀奇古怪的想法:他不愿光着身子死去。他曾经听一个老兵说过:"我要穿着鞋子去死。"如果一定要死的话,他也愿意那样死——穿得整整齐齐,奋力搏斗一番,壮烈牺牲。但如果被滑坡吓得半死,然后衣冠不整地掉进一个热水锅里,那会让所有的人都笑掉大牙的,他自己也感到羞愧。想到这里,他忍不住笑了起来。牛房看到他笑却吃了一惊。

他又想到了另一件事:如果他不穿裤子就出现在珍珠门时,圣彼得会让他进天堂吗?

所有这一切古怪的想法都一闪而过。随后他听到了牛房的喊声:

"你太大,没有你的合作我拉不起来。我数三下,然后你那样做,我这样拉,准备好了吗?"

"准备好了!"哈尔答道,他那梦幻般的奇思怪想已经消失了,正紧张地准备背水一战。

"Ichi!"牛房开始数了,哈尔知道 Ichi 的意思是"1"。由于过分激动,牛房忘记用英语而用日语开始数数了。

"Ni(2)!"哈尔聚集了全身的力量。"San(3)!"牛房大吼一声,开始向上拉。

随着喊声,哈尔拼命往上一蹿,石块从他的脚下飞了出去。他曾经趴在上面的那块石块也随着一阵低沉的隆隆声开始下滑。一声撕裂声告诉他,裤子已经在接缝处扯开了。

幸而这时他的手已经扒住了牛房立足的那块坚固的石头。

他在那儿摇荡着，踩掉的石头滚下去，发生了连锁反应，下滑的石块越来越多，并不断向两边扩展，仿佛整个火山口壁都要陷下去，发出的声音犹如万马奔腾，黑云般的尘埃滚滚而起。

崩落的石块溅落到熔岩湖里，发出惊涛拍岸的声音。

在牛房的帮助下，哈尔爬上了石块，又爬出了火山口，来到地面上。站在火山口，他们再次观看那惊心动魄的场面，亿万吨的石块随着滑坡落入喷火的湖里，"湖水"温度之高，使坚硬的岩石转眼间就化成了岩浆。

两个人被刚才的经历折腾得头晕目眩，又步履艰难地沿着火山口向前走，直到与博士和罗杰相遇。一看到他们，两位绅士模样的人就放声大笑起来。

哈尔想，如果他们知道了我们死里逃生的经历，恐怕就笑不出来了。很快，他的头脑有点清醒了，意识到缺了点什么事。原来他们忘了穿裤子，裤子还拿在牛房的手里。他赶紧把接在一起的两条裤子解开。

丹博士不再感到有趣了，他从他们满身污泥、汗流浃背的样子断定一定发生了什么不幸的事。他们个个鼻青脸肿，身上还有一层厚厚的灰尘。

"我们听到一次滑坡的声音，"丹博士说，"你们和它有关吗？"

"当然了，"哈尔说，"如果没有牛房，没有牛房和这两条裤子，我现在就确确实实在火山口底下了。"

他和牛房穿上了被撕得不成样子的裤子。

丹博士看着他们，陷入沉思，然后转过身，领着罗杰向山下

9 滑坡

走去。很长一段时间,他们默默地走,各自想着自己的心事,谁也不说话。最后还是丹博士开口了:

"喂,罗杰,我想牛房已经交学费了。"

"他的确交了。"罗杰说。

10

沉船

"快乐女士号"又起程了。

牛房也留下来,回学校去参加补考了。哈尔焦急地等待着考试结果,他希望牛房能神采飞扬地告诉他:我及格了。

丹博士从船的升降口跑到甲板上。

"船长!把所有的帆都升起来,连备用的也用上。"

"有什么急事?"

"我刚从广播里收到一个来自水文局的消息,说南边大概300千米的地方有火山正在喷发。"

艾克船长叫奥默松开支索帆,开足马力。

"去哪儿?"他问丹博士。

"明神岛。"

艾克船长扫了一眼海图。

"没有这个地方。海图上说50年前它就沉没了。"

"它又冒出来了。"

哈尔和罗杰一直在甲板上闲逛,听到这个消息,立刻来了精神。

"我们会看到一次猛烈的火山喷发吗?"罗杰问。

"地震仪测得的数据表明,那是一次空前的火山大喷发。如果它发生在纽约市中心的话,那么整个纽约就不存在了。"

10 沉船

"谁告诉东京的?"哈尔问。

"一艘渔船的船长,他的船差点儿被火山灰吞没,幸亏他们逃得快。"

"东京有何反应?"

"它们派出了自己的考察船。船的名字叫'海洋丸号',它已经带着9名科学家和22名船员出发了。如果走运,我们有可能赶上它。"

"你是说火山正在形成一个岛吗?"

"是的,许多年以前那里有一个岛,后来就不见了。现在一个新的岛即将形成。"

"那可太神奇了,一次海洋火山的爆发能形成一个岛?"

"一点儿也不神奇。太平洋里大部分岛屿都是火山喷发形成的,珊瑚岛都是在老火山的旁边。"

"经常有新的岛屿生成吗?"

"是的,现在太平洋上的20多个岛在50年前并不存在。众所周知,太平洋是地球上火山活动最频繁的地区,世界上有300座活火山,八分之七都在太平洋或其周围。也许还有更多的我们尚不知道的海底火山,时不时地,它们之中就有一个喷发而形成岛屿。有时候岛的寿命不长,不久就又消失了。"

"怎么会消失呢?"

"如果岛屿大部分由火山灰组成,那么波浪就会逐渐把它冲蚀掉。如果它由坚硬的熔岩组成,就会存留下来。但假如下面有一座火山,这个岛即使是由坚硬的岩石构成的也不稳定。火山巨大的力量会使它不断升高,也会把它拉到波涛下面。"

丹博士举起双筒望远镜扫视着远处的海面。

"我看到了!"他叫道,"烟柱!"

罗杰笑着说:"你在骗我们吧,丹博士,你说过它有300千米远,谁也没那么好的视力。"

"这次你可错了。实际上,你能看160多万千米远。"

"160多万千米!"

"当然,太阳和星星有多远?它们离这儿何止千百万千米,可你看得清清楚楚。"

这个问题可够罗杰琢磨一阵子的。

"我想你现在应该问我另一个问题。"丹博士说,"既然我们能看到300千米处的烟,为什么却看不到前面80千米远的'海洋丸号'呢?"

"噢,我明白了。"罗杰说,"船很低,地球表面是弯曲的,把它挡住了。而烟柱很高,视线不会挡住。"

"对,起码有3千米高。"

"我们什么时候才能到那儿?"

"可能在明天一大早。我们现在的速度是多少,船长?"

"17海里。"

"太棒了。"丹博士称赞道。

"快乐女士号"似乎听懂了这些赞扬的话,跑得更起劲儿了。鼓起的风帆使它像竖琴一样起伏,飞鱼一样地掠过水面。

它可不是一艘普通的渔船,它没有一般船只那样的帆,而是装备着世界上最好的帆——马可尼三角帆,它的体形最适合于高速行驶,曾经在几次比赛中获胜。

10 沉船

天黑以前他们就超过了"海洋丸号",那艘蒸汽船正以10海里左右的时速吃力地向前赶。"快乐女士号"像只小鸟似的从它身边掠过。孩子们对他们的快船感到非常自豪。

说真的,如果风停了,它就得停下来,而蒸汽船却仍然能够继续行驶。但如果风向对头,这条帆船是无往不胜的。

从那条船旁边经过时,孩子们站在栏杆边上向对方挥手致意。在另一条船的栏杆旁站着9位科学家和一些船员。和"快乐女士号"相比,蒸汽船显得太慢了,罗杰忍不住喊起"加油"来。如果他知道这条船上的人在明天就要全部遇难,他就不会起哄了。

蒸汽船上的日本人对他们报以友好的笑声,他们大声称赞着"快乐女士号"漂亮的体形和惊人的速度。不一会儿,他们的船就被远远地抛在后面,渐渐消失在越来越浓的夜色中了。

"我们将是最先到那儿的!"罗杰激动起来。

那天晚上他们几乎没睡觉,孩子们每过一段时间就走到甲板上观看前面的烟柱和火焰。

距离越来越近了,烟柱也显得越来越高。它向四周伸出一条条火舌,顶端像头一样摆来摆去,宛如一个喷烟吐火的巨大怪物,时刻准备扑向这条小帆船。"快乐女士号"行驶在漆黑的海面上,和这个顶天立地的巨魔相比,显得势单力薄。

罗杰这时不再希望最先到达了,他希望"快乐女士号"慢下来,和另一条船结伴而行。

刺眼的闪电划破烟幕照亮了海面,假如有一个闪电击中"快乐女士号"怎么办?突然,惊天动地的霹雳声袭来,犹如许多巨

10 沉船

人在挥拳呐喊,伴随着由于云中放电发出的滚滚雷声,还有一种持续的轰鸣声,这是海底火山要把数百万吨熔岩喷射到天空时发出的声音。

"那座火山在海面以下多深的地方?"罗杰问丹博士。

"现在还不清楚,从一些现象来看,我推测大概在90米以下。"

"那么,所有那些灼热的岩浆都是从90米深的水下喷出来的?"

"是的。"

"那水为什么没有把火弄灭?"罗杰偷偷地笑了,他觉得他问了一个丹博士无法回答的问题。

"这个问题提得好。"丹博士说,"一般情况下水确实能灭火,而且也不需要90米厚的水层,只要向着火的房子喷水就能把火扑灭,那是由于火的温度不太高。这种火虽然能把木头烧着,但却不能把金属烧化,而地球内部的温度至少比它高10倍。这样的高温足以使岩石变成岩浆。当炽热的岩浆从水中经过时,把它周围的水都变成了蒸汽,因此,正如你看到的,不是水把火扑灭,而是火使水变成了蒸汽。那块巨大的烟云里大部分是水汽。"

一个"Z"字形闪电像一把匕首一样插进"快乐女士号"前面几百米远的水里。

"我们不能再往前走了。"艾克船长说,"等天亮了再走怎么样?"

丹博士同意了。

"快乐女士号"停了下来,支索帆、船首三角帆也被放了下来。

黎明前的两个小时难过极了,海底火山发出的轰鸣声和高耸的烟云里的雷声使他们难以入睡。雷电的闪光像突然燃放的焰火,把几千米内的海面都照亮了,过后大海又陷入一片黑暗之中。但那个1米高的烟柱却由于裹挟着喷射的岩浆而始终发着红光。

"快乐女士号"虽然不再向前行驶了,但也不能平静地休息。它像一只受惊的小鹿一样跳动着,摇晃着。每次火山喷发都在海面上掀起巨浪,把小船抛到浪尖上,然后又落到波谷里。巨浪与巨浪撞在一起,溅起漫天水花。

轰隆隆!又是一次大爆发,海面受到剧烈的震动。

"恐怕这次会有狂浪,"丹博士说,"快把自己绑到栏杆或桅杆上。"

他们把自己绑紧,焦急地等待着。几分钟过去了。

"这次警报大概发错了。"哈尔说。

"别太肯定了,它传到这儿需要一段时间。"

"瞧!"罗杰喊道,"那是什么?"

那是一堵移动的水墙,把火光都遮住了,看起来有桅杆那么高,正劈头盖脸地向小船压过来。

船上的人都缩成一团,忍受着剧烈的震动。水墙在他们头上开花了。哈尔的绳子被冲断了,他顺着甲板滑到栏杆边上,他绝望地抓住栏杆。小船的船舷已经碰到了海面。它真要翻个底朝天吗?

不会,这条勇敢的小船很快就恢复了平衡,水从甲板上流

10 沉船

走了。

"伙计，好烫！"罗杰喘了口气喊道，"我觉得自己像一条被煮熟的鳗鱼。"

黑暗中，罗杰没有听到他哥哥的回答，有点着急了，他喊道：

"哈尔，你在那儿吗？"

哈尔被抛到船边的时候，撞得鼻青脸肿。他有气无力地回答道："是的，我在这儿，可我快要跟你永别了。"

"快重新绑起来。"丹博士警告说，"后边还有巨浪。"

后面的浪头比前面的小多了，但水仍然很烫。热浪烫伤了他们的皮肤，呛得他们不停地咳嗽，大口大口地喘着气。

一个什么东西重重地打到罗杰的脸上，他赶紧把它抓在手里，感到滑溜溜的。

"火山开始朝我们扔鱼了。"他喊道。

"是的，"丹博士说，"我已经抓住好几条了。接着干，我们用它们做早餐。"

"这些鱼怎么会到船上来呢？"

"它们被烫昏了，所以都浮到了水面上。这对捕鱼船队来说可是个好地方，它们可以不费吹灰之力就能捕获到成千吨的鱼。你听到鸟叫了吗？"

海鸥成群结队地飞过来，在水面上盘旋着，尖叫着。

"它们是来趁火打劫的。但这里对它们来说也很危险。我想它们会为自己的贪吃感到后悔的。"

漆黑的天空开始泛出蓝色。随着黎明的到来，在"快乐女士号"前方,一幅奇异的景象展现出来。

一个由水蒸气、毒气、烟雾和飞射的熔岩组成的"巨人"擎天而立。在它的里面,热气升腾,烟浪翻滚,好像一片雷雨云,但谁看到过浮在水面上并伸展到3000米高空的雷雨云呢?一道道弯弯曲曲的闪电看上去就像这个"巨人"的发辫。雷声在它身边隆隆作响。

海面上已不是一般的波浪,海水汹涌奔腾,掀起一个个山峰似的巨浪,山峰顶上冒着蒸汽。整个海面都冒着从水下跑出来的气泡,气体喷泉不时地喷着热气。

在不远的地方,一个巨大的旋涡飞快地旋转着,一堵环形水壁围绕着它,中心形成一个深洞。如果一条像"快乐女士号"这样的小船被卷进去,定会葬身海底。

"我从来没见过这么多鱼。"罗杰说。船的周围到处都漂着肚皮朝天的鱼。在滚烫的海水里它们已经无力同死神搏斗。这些鱼大都比较小,只有30~60厘米长。

"小鱼先受不住,"丹博士说,"大家伙能多忍受一会儿。瞧,那儿有一条大的。"

一条足有6米长的大鲨鱼正在水上快速游动着,大口大口地吞着死鱼。不久孩子们又看到了一条鲨鱼,又是一条……这些鲨鱼张着血盆大口,牙齿像匕首一样锋利,一口能吞下十几条鱼。鲜血染红了海水,血腥味引来了更多的鲨鱼。

"但愿我们别掉到水里去,"哈尔激动地说,"我情愿把所有的鱼都让给它们。"

不过,鲨鱼也不能独享这美味早餐,成千上万的海鸟来和它

10 沉船

们争食了。海燕、海鸥、塘鹅、三趾鸡……掠过一个个海浪,高声尖叫着,大胆地抢夺着食物。有的甚至和鲨鱼争夺起来。它们都兴奋得发了狂。

相比之下,显得很冷静的是一只巨大的信天翁,它伸开2米宽的翅膀,平稳地滑下来,用它那又长又弯的嘴衔起一条鱼,连翅膀都不动就又向高空飞去。小一点儿的海鸟赶紧给它让路。

"那个黑大个儿是什么鸟?"罗杰问。

"军舰鸟。"丹博士说,"它的个儿够大的吧。展开翅膀足有3米宽。你看它在干什么!"

军舰鸟一向是不劳而获的,它们从不费力地去海面上争夺早餐,而是从小鸟的嘴里攫取食物。它像一个税务官员一样踱来踱去,向每一个从它附近经过、嘴里有鱼的小鸟索取"关税"。海鸥大声责骂,海燕低声哀求,但都无济于事。

一只鲁莽的海鸥,当军舰鸟要从它嘴里抢食时,它紧紧地咬着不放。结果军舰鸟立刻进行报复,毫不费力地连鱼带海鸥一起吞了下去。

军舰鸟还有一种残忍的掠夺方法,它抓住一只刚刚吃饱了的塘鹅拼命压,这样刚吞下的鱼就被挤了出来,然后军舰鸟猛冲过去,在鱼还没有逃进水里以前把它吞进去。

随后它摇了一下尾巴又追上了一只海燕,但那只海燕又瘦又小,没什么油水。于是它又转身去追一只肥胖的三趾鸡,抓住以后使劲踩,终于又吃到了一条鱼。

"多么卑鄙呀!"罗杰说。

太阳像一个红色的火球高高地挂在烟尘弥漫的天空,丹博士正在通过双筒望远镜向远处眺望。

"'海洋丸号'!"他说。

不到一个小时,那条日本船就赶到了。它没有靠近"快乐女士号",因为波涛翻滚的大海会使两条船撞到一起。但两条船上的人都友好地招手,大声打着招呼。随后"海洋丸号"向火山驶去。

"他们准备干什么?"罗杰问。

"做一次考察。你瞧,那条船是东京水文局的,你知道水文(Hydrographic)是什么意思吗?"

"不太明白。"罗杰承认了。

"'Hydro'的意思是水,'graphic'的意思是写。水文局的工作是记录关于水域——海洋、湖泊、河流的资料,艾克船长用的海图就是美国水文局绘制的。日本也绘制类似的海图。因此当一个新的岛屿出现时,他们就得派科学家去测量它,测出它的长度、宽度、高度、周围海水深度等,所有这些数据都要印到下一版的海图上。没有这些海图,船长们是不敢轻易出海的。现在你懂得水文局的工作是多么重要了吧。"

"可我并没有看到什么新的岛屿呀。"

"那是由于有烟的缘故。给你望远镜,注意观察烟的底部,看清了吗?"

"噢,就是那个又大又黑的东西吧!我以为那是一团烟雾。啊,它足有两三千米长,60多米高。"

"而且每时每刻都在增长。"丹博士接着说,"一个星期以前那里除了海水以外什么也没有。船长,我们绕着岛走一圈怎

10 沉船

么样?"

"可以,"艾克船长说,"但要保持一定距离,我可不想毁了我的船。"

"快乐女士号"航行在漂满了死鱼的海面上,遮天蔽日的鸟群在船的上空盘旋,这可算得上是一次奇异的旅行。

最为壮观的景象要算是噬人鲨飞出水面的情景了。噬人鲨是鲨鱼家族中最伟大的跳高能手。一看到水面上有鱼,它们就以惊人的速度冲上去,一口把鱼咬住,由于速度太快,就会冲出水面达3~4米,然后落到水面上溅起一大片水花,接着就不见了。

有一条噬人鲨冲出水面时离船很近,落下来时差点儿砸到站在栏杆边的罗杰身上,他赶紧躲开了。大鲨鱼砸断了栏杆,又落到水里去了。

数百只海鸟栖息在桅杆上、帆索上和帆的边缘上。它们吃得太饱了,眼睁睁地看着这么多的美餐却吞不下去,只好发出无可奈何的鸣叫。

风向忽然变了,巨大的烟柱向船的方向倾斜过来。火山灰和火山渣倾泻在甲板上,其中许多灰渣温度相当高,船上有几处被燃着了,但火势不大,很快就被扑灭了。

艾克船长来找丹博士,他的脸色阴沉,显得很焦急。

"博士,我们还要在这儿待多久?我可不想在这鬼地方待下去了。"

丹博士一边用仪器观测着,一边记录着数据:"我想再多观察一会儿,挺有意思的。"

"有意思?!真见鬼!"艾克船长一边向前走一边大声抱怨。

他不能理解科学家渴望了解自然界神奇力量的热情。

风吹过来的黑烟笼罩了小船，太阳也被遮住了，尽管还不到中午，天空已经变得像傍晚一样。混在烟雾里的毒气使人不停地咳嗽，天上的飞鸟也被熏死了，雨点般地落在甲板上。

透过灰蒙蒙的烟雾仍然可以看到"海洋丸号"继续向那座火山岛行驶，不久就消失在浓重的烟雾中了。

突然，海水开始剧烈地震荡，小船也随着颠簸起来。

"地震了！"丹博士说。

轰隆声越来越响，就像一个大管弦乐队中定音鼓的齐奏。声音越来越刺耳，罗杰赶紧用手堵住了耳朵。

这声音似乎是从地球中心发出的，上升，上升，越来越大，最后变成了几乎能把整个世界都摧毁的爆炸声。

一道火舌喷出海面，直冲云霄。炽热的气浪向小船扑来，差点儿把它吹翻。它的右舷栏杆没入了水里，好不容易小船才恢复了平衡。

"掉转方向！"博士冲着船长喊道，"要发生海啸了。"

这样的一次爆发必然会引起潮汐般的巨浪，应该把船头对准海浪袭来的方向。离火山较近的"海洋丸号"将会首先受到它的冲击。

丹博士瞪大眼睛搜索着，在巨浪之间终于发现了那条快要被海水吞没的船。船的舷侧对着火山，它显然正在设法掉转船头，但在巨浪到来之前它能掉转方向吗？

"恐怕那条船要出事了。"丹博士说，"巨浪马上就要来了。"

即使不用望远镜，哈尔和罗杰也能看到一堵高耸的水墙从爆

10 沉船

炸中心冲天而起,向"海洋丸号"扑去,把它彻底淹没了。然后又以迅雷不及掩耳之势向"快乐女士号"冲来,要使它成为第二个"海洋丸号"。

但当它冲到"快乐女士号"跟前时,能量已经减弱了一半,小船也已经掉过头来准备迎击它。船上的人都把自己绑紧了。当海水轰轰隆隆地到达他们的头顶上时,他们做了一次深呼吸,因为要过一段时间才能换气。

现在他们已置身于 6 米深的水下了。他们可不愿这样潜水,海水仿佛要把他们冲走、撕碎。

甲板上的死鸟被海水冲起来,撞到他们的脸上。

足足过了 60 秒钟,小船才像潜水艇一样浮出水面,这 60 秒钟是他们所经历过的最长的 60 秒。

丹博士首先想到的是"海洋丸号"。

"在那儿!"他喊道,"船翻了。船长……"

艾克船长早已掉转船头向"海洋丸号"的残骸驶去。但他们只能看到翻过来的龙骨。小船又向前行驶了一段,他们看到几块碎片,几个人紧紧地抓住碎片浮在水面上。

只剩下这几个人了,其他人在哪儿?船上本来有 22 名船员、9 位科学家,那些人一定被困在船里了。

又一个巨浪卷过之后,只有两三个人还抓着碎木片。"快乐女士号"能及时把他们救上来吗?

巨大的爆炸冲击波引起的海上飓风,径直向"快乐女士号"吹来,仿佛存心要阻碍救援工作似的。

那条日本船慢慢地沉了下去,带着被困在里面的人一起消失在波涛之中。

现在只有一个人还抓着桅杆，随着汹涌的海浪漂来漂去，但他一直坚持着。"快乐女士号"驶到他附近，抛出一根绳子，可惜扔得太近了。

还没等绳子再抛出去，飓风就把"快乐女士号"吹得转过身来，向远处的海面漂去。在飓风面前，"快乐女士号"轻得像一张纸片，尽管艾克船长用尽一切办法想把船掉过头来，但都是白费力气，人所能做的是无法与飓风的力量抗衡的。

直到他们漂出去很远，风力才减弱下来，随后便是死一般的沉寂。

"我们还回去救那个人吗？"哈尔问道。

"来不及了。"丹博士说，"我看到，当飓风袭来时他就沉下去了。"

悲痛像沉重的石块压在他们心头。东京收到这个消息该多么难过啊！但消息必须发出去，丹博士这样做了。

消息从东京传到了其他国家的水文局，几周之后，美国水文局的《新闻公报》发出了这样的消息：

"海洋丸号"

对日本水文局考察船"海洋丸号"及所有船员的遇难深表哀悼。

"海洋丸号"受命考察新发现的、由火山爆发形成的明神岛。船上除了船长和22名船员外，还有9位科学家。除了少数碎片外，船体还没找到。估计事故是火山

10 沉船

运动造成的。

我们代表美国海洋水文局的科学家们,对日本水文局以及在海洋安全与科学的发展事业中献出宝贵生命的科学家及其家属表示沉痛哀悼。在这次灾难中,海洋学界蒙受了重大的损失。

消息的周围镶上了黑边。黑边意味着吊慰。一个人对另一个人的吊慰,是不分民族,没有国界的。因为世界上的科学工作者只知道进行一种竞赛,就是揭开宇宙之谜。在追求真理的征途中,任何艰难险阻都挡不住他们。

11

"玩偶匣①"岛

"谁会想到海水下面有那么多火山呢?"

哈尔和丹博士伫立在"快乐女士号"的瞭望台上。从前桅高处,他们可以看到海面上时断时续的喷泉。看起来像是鲸在喷水,实际上是海底火山口在喷发。空气中弥漫着硫黄味,耳边回响着持续不断的隆隆声,一个个小岛星星点点地点缀在海面上。

"它们叫火山岛,"丹博士说,"有一些你看不到,因为它们藏在水面以下。我们就正在一个岛的上方行驶。"

"在岛的上方行驶!"

"是的,1904年11月它曾经从波浪中露出头来,那是一个岩石岛,周长3000多米,海滩上布满了美丽的浮石。那时候这些岛屿都是日本的。日本对它的新岛感到非常自豪,但它只存在了两年,然后就沉入海里不见了。""看到前面的烟了吗?大概是一艘蒸汽船吧?"

"不,我想那是另一座火山,名字叫乌拉卡斯。当有的岛下沉时,它却在上升,现在的高度已经超过了300多米,而且还在上升。"

直到深夜他们才到达乌拉卡斯,两个孩子从床上跳下来,跑

---

① 玩偶匣,一种玩具,揭起盖子即有玩偶跳起。——译者注

11 "玩偶匣"岛

到甲板上观看。

火山灰倾泻在甲板上,小船在爆炸的冲击中颠簸着,乌拉卡斯火山喷吐的火舌高达300多米,火舌上面笼罩着几百米高的烟柱。

这是一座典型的火山,整个山体像一个巨大的圆锥体,山坡上覆盖了一层火山渣,连续不断的熔岩流把它冲得又平又直。

罗杰迷惑不解地指着山顶问:"那是什么?是雪吗?"

看起来火山的确像戴着一顶雪帽子。"那是白硫。"丹博士说。

炽热的熔岩流从白色的山顶涌出来,流过覆盖着黑色火山渣的山坡,向大海里流去。在熔岩与海水接触的一刹那,水面升起一团团蒸汽云。在红色岩浆的照耀下,整个火山看起来像是浮在一个火床上。

滚滚的烟柱透出火光,像一条巨龙的舌头一样舔舐着夜空,几分钟一次的爆发把炽热的岩浆和燃烧的火山灰喷到高空中。

"船长们都管它叫'太平洋上的灯塔'。"丹博士说,"他们用它来校正航向。这些'灯塔'在100多千米以外都能看到,白天能看到烟柱,夜晚能看到火光。你听说过斯特隆博利火山吗?人们叫它'地中海上的灯塔',它耸立在那不勒斯港附近的海面上,每隔10分钟喷发一次。许多航船都是在它的指引下驶进那不勒斯港的,乌拉卡斯和它非常相似。"

几天以后,丹博士又一次宣布,他们的船正行驶在另一个火山岛的上方。

"它叫维多利亚岛,"博士说,"这是为了向维多利亚女王表示敬意。这个岛已成了大英帝国的一部分。曾有一个叫马斯特斯的人领着一群人来到这个岛上收集鸟类和其他动物的粪便做肥料,他们满载而归。一年之后,他们又回到这里,却怎么也找不到那个岛了。他当时就在我们现在的位置航行。他们认为一定是计算有误差,于是就在方圆100多千米的海域内认认真真地搜索了一番,但仍一无所获。马斯特斯先生对此深表遗憾,因为那个岛上的鸟粪能值几千英镑。说不定将来有一天它还会出现,到那时,第一个登上它的人一定会走运的。"

"我想下去看看这个沉没的岛。"哈尔说。

"好吧,明天早晨我们到了'玩偶匣'岛就去看。""为什么叫它'玩偶匣'岛?""那是因为它时隐时现。它的真正的名字叫'法尔肯'岛,是由英国战舰'法尔肯号'在1865年发现的。当时一座活火山不停地喷出岩浆石块,形成了一个长达5000米的岛。由于它离汤加群岛很近,汤加女王就占领了它。汤加人日夜狂欢庆祝海神赐给他们的新岛。但乐极生悲,它不久就消失了。"

"汤加人一定很伤心吧?"

"的确如此。他们召开了一次诅咒大会,所有的人都用最恶毒的话咒骂海神,但那样也没能使他们重新获得失去的岛。于是他们塑造了一个海神像,用长矛刺它,用火烧它的手指和脚趾。他们以为如果痛痛快快地把海神折磨一通,海神就会把岛归还给他们,但仍然是一无所获。后来他们决定好好对待海神,希望海神能一报还一报,把岛还给他们。他们走到海边,大声唱着颂歌,称赞海神是一个好得不能再好的人了,还把最好的食物献给海神。

11 "玩偶匣"岛

"也许打动一个神灵的办法就是让他吃饱喝足。不管怎么说，1928年这个海洋火山又开始喷发了，那个岛又出现了。女王再次占领了它，汤加人又庆贺了一番。这次海神很慷慨，把那个岛一直堆到近200米高。

"但10年以后，不管他们怎样奉献食物，怎样祈祷，怎样地唱颂歌，那个岛还是又消失了。

"现在你明白为什么船长们都叫它'玩偶匣'岛了吧。"

"你认为它还会再冒出来吗？"哈尔问道。

"那正是我想要调查的。许多考察船不断地报告那里的异常情况，我们明天就下去看看。"

探索海洋火山的强烈愿望促使孩子们起了个大早。当他们跑到甲板上时，发现小船早就起航了。"快乐女士号"在平静的海面上起伏着。

"'玩偶匣'应该在我们正下方，"丹博士说，"你们听。"

他们听到一种沉闷的隆隆声，在离小船不远的地方冒出一股蒸汽。

每当危险临近时，丹博士的脸上总是出现一种异样的神态，同时还有把手压在左边太阳穴上的习惯，仿佛是忍受着突如其来的剧痛。现在哈尔又看到这些信号了，他们都替他捏一把冷汗。

过去一定发生过某种对他的神经系统有过强烈刺激的事情。对处于这种状况下的人来说，潜水是很危险的。即使是一个正常的人，神经也会紧张。哈尔回想起了他在水下惊险的经历。博士到底对潜水有多少了解呢？

"你潜过水吗，丹博士？"哈尔问。

"有过几次。"

回答不太令人满意，哈尔又试着问："你用过水中呼吸器吗？"

"用过。"

"多少次？"

丹博士有点不耐烦了："你这是什么意思？盘问吗？"

"对不起，"哈尔说，"我没有别的意思。你知道，在考察海洋的潜水中我们曾遇到过几次很难应付的局面，那可把我吓坏了。"

"如果你不愿意去可以不去。"

"我指的不是这个，"哈尔说，"我是担心——担心你。"

"好了，告诉你吧，"丹博士有点火了，"我就用过一次呼吸器，而且还是在游泳池里。我的事业把我带上了火山，而不是去潜水。但我知道戴着呼吸器潜水很容易，我也很想试试。如果你和罗杰愿意待在甲板上，随你们的便。"

哈尔被这几句奚落的话气得满脸通红，他极力克制着自己的火气。

"我希望，"他说，"你让我们下去，你自己留在甲板上。你可以告诉我们找什么，我们回来向你报告。"

"为什么你应该下去而我不应该呢？"丹博士越来越怒不可遏。

"只是因为——因为——"哈尔迟疑了一下，"对了，那会使你筋疲力尽，还会使神经受到刺激。"

"那为什么它对我的刺激比对你的严重呢？你说这些话到底是什么意思？"

11 "玩偶匣"岛

哈尔的话已经说到这种程度,要收回是不可能了。"我们在浅间火山,"他说,"在火山口边缘考察时,你看起来不太正常。我是说,你停下来站了两分钟,好像对发生的事一无所知。"

丹博士哈哈大笑:"你的想象力太丰富了。这我并不觉得奇怪,在一个从来也没有见过火山的人身上经常会出现这种反应。火山的景象和声音足以使你想入非非。一定是这样。"

"那么,"哈尔坚持说,"在小客店那天晚上地震的时候,你尖叫着跳起来,像疯子一样敲打着墙壁,这又是怎么回事?"

丹博士瞪大了眼睛,呼吸变得又急促又沉重。"我不知道你着了什么魔,哈尔。我不明白你怎么会编出这些无聊的故事来。下一步你就可以向美国自然历史博物馆报告,说我神经不正常,申请由你来接替我的工作。你太自负了。你已经见到过6座火山了,你是不是早就觉得自己对火山的了解比我要多得多了?!"

"不是关于火山,"哈尔说,"而是关于潜水。你听说过'深水麻醉'吗?"

"没听说过,而且我也不认为自己与它有什么关系。"

"潜水员有时会得这种病。水的压力把过多的氮气压进你身体的组织里,我相信二氧化碳也与它有关。不管怎样,你会变得稀里糊涂,像喝醉了一样,不知道自己在哪儿,觉得是在天堂里,或是在腾云驾雾。在这种情况下,很容易把吸气嘴摘掉,那就一点儿空气也吸不到了。"

"成千上万的人戴着呼吸器潜水也没得这种病——所谓的'深水麻醉'。"

"是的,但这种可能性是随时都存在的,这与一个人的神经系统有很大关系，对于一个神经——嗯——有点不正常的人更容易发生。"

怒火中的博士勉强笑了笑，说："哈尔，我没有因为你的这些废话而打烂你的鼻子，就足以说明我的神经还是正常的。好了，别浪费时间了，把呼吸器拿来，咱们开始吧。"

哈尔耸了一下肩膀，无可奈何地走开了。博士看着他的背影，不解地皱起了眉头。

潜水服从架子上拿下来了。哈尔和丹博士检查了所有的设备，尤其仔细地检验了呼吸器的气瓶，以确保里面充满压缩空气。

哈尔、罗杰和博士穿上了潜水服，套上脚蹼，在甲板上走路时像鸭子一样摇摇摆摆。他们身上都系着灌有500克铅块的袋子，这些重物是用来克服水的浮力的，没有这些铅块，他们就无法下潜。博士和哈尔身体较重，各背了2千克重的铅，罗杰只带了1.8千克。你说怪不怪，一个人的体重越轻，下潜时所需重物就越少。

然后他们都向各自的面罩里哈气，又把水汽擦掉，再用海水冲洗干净，这样可以防止潜水过程中玻璃上产生水汽。他们戴上面罩，罩住了眼睛和鼻子。从现在开始他们就只能用嘴呼吸了。

呼吸器紧紧地绑在后背上，看起来像个外星人一样：短短的气管盘在头上，管口罩在嘴上。

他们试着进行呼吸，开始时空气来势很猛，博士的脸色有点发紫，几次急促的呼吸后，气流逐渐平稳下来。

年轻的博士走到船舷边上，翻过栏杆爬了下去。3个人都下

11 "玩偶匣"岛

水了,他们下潜了2米左右停了下来。

周围是一个淡绿色的世界,从下面看,水面像被微风吹皱的丝质面纱一样荡漾着,阳光透过水面,变得弯弯曲曲,他们的一侧是"快乐女士号"黑黝黝的船体。

一些小鱼游到他们上面好奇地俯视着这几个不速之客,嘴一张一合的,好像在说:"噢,看那些东西多可笑,回家后应该把它记下来!"

一条小鱼游到罗杰身边,差点儿咬到他的脚指头。他踢了一下,小鱼立刻逃走了,但不一会儿又都回来了,照样在他身边嬉戏。

由于下面火山的缘故,水是热的。火山发出持续的隆隆声,每隔一会儿就发生一次剧烈的震动,海水便横冲直撞地翻腾起来。

博士似乎很乐意停留一会儿,调整一下呼吸。哈尔就在他附近,他下决心要盯住博士。罗杰已经开始向下游了,平时他经常潜水,但这次是探险,随时都会遇到麻烦。哈尔要同时照顾两个伙伴,真是太困难了,一个缺乏潜水经验,另一个又非常喜欢冒险。

丹博士又开始下潜了,哈尔紧紧地跟着他。一串串的气泡从排气阀中跑出去,鱼儿们以为是什么好吃的东西,纷纷冲向气泡。

哈尔感到水对耳膜的压力在逐渐增加。他记得在书本上学过,水深每增加10米,压力就增加一个大气压。面具开始紧紧地压在他的脸上。他用鼻子在面具里呼出一点儿气,这样可以增加内部压力来抵抗外压。另一方面,如果面具太松而开始下滑,就用鼻子吸入一点儿气体使它更紧一点儿。

他觉得真应该早点儿把这些小把戏告诉丹博士,但丹博士一定会认为他又在卖弄自己的学问。对这样的上司要提出点什么忠告那可太难了。

海底世界已经展现在他们眼前,这是哈尔有生以来见过的最奇特的海底景观了。

他们的下面是一个火山口,虽然不是很大,但和他在陆地上见过的十分相似。看不清火山的另一面,但从它的弯曲程度可以断定直径有400多米。火山口壁直上直下,深不见底,里面的水变成了黑色,随着火光一起喷出来。

每次爆发都会产生耀眼的火光,把漆黑的海底照得通亮,强大的潜流把潜水员冲得东倒西歪。

哈尔浮在火山口上面,像一个飞行员一样俯瞰着这座活火山。从火山口里喷出的不是热气,而是滚烫的热水,还不断冒出巨大的气泡。这对潜水员并没有影响,因为他们用的是呼吸器里的纯净空气。水中的黄色丝带大概是硫。

丹博士不慌不忙地游进了火山口,哈尔寸步不离。罗杰已经游得无影无踪了,这个小傻瓜去哪儿了?

这里又是一种全新的景象。他们置身于火山口中,浮在凶猛的火舌够不到的地方。唯一的遗憾就是高温,水热得让人无法忍受,如果温度再高一点儿,鱼就可以用"熟人"做午餐了。

现在火山口底部已近在眼前,那是一个不断冒着气泡的熔岩湖,尽管上面有寒冷的海水,但它仍然猛烈地燃烧着,有时还喷出火舌和石头。这种海底火山奇观使哈尔终生难忘。

11 "玩偶匣"岛

水中热气逼人。当哈尔看到博士转身向上游去时,才松了一口气。他们想到边缘处停下来休息一会儿,但一直看不见罗杰的影子,哈尔非常着急。

忽然,一声巨大的爆炸震得地动山摇,喷出的熔岩以极高的速度,带着咝咝的响声冲出水面,然后暴雨般地落下来。哈尔觉得他们能躲在下面的池子里真是万幸。当落下的石块穿过水面回落到山坡上时,已经不像原来那么热了,但仍然有点烫手。

如果这种情况继续下去,会有越来越多的石块不断地落到山坡上,那么"玩偶匣"岛就又会出现在海面上。汤加人就会再开一次庆祝会,水文学家们就会把这个岛重新标到海图上。

那个小家伙终于出现了。哈尔看到罗杰正穿行在蓝色的海水中,罗杰一看到他们就立刻游了过来,一边兴奋地挥着手,一边指着山坡下面。

他停在哈尔和博士之间,用力拉了拉他们的胳膊就又游走了,还不断地回头看看,意思是让他们跟上来。

显然,罗杰有了新发现。哈尔和博士跟在他后面。他们越游越深,海水也越来越暗。不久,他们透过阴暗的海水看到一个奇怪的轮廓,既不像岩石,也不是海草。

那是一幢房子,它附近还有几间,实际上这是一个水下村庄。

丹博士高兴极了。罗杰总算没白跑,居然发现了这么有趣的地方。博士走来走去,步子轻飘飘的,由于水的浮力,每一步都能跨出几米远。

房子是用熔岩砌成的,木制的椽子牢牢地嵌在石头里,海水无法把它们冲走。但屋顶上的茅草已经不见了。

由于这一新发现,丹博士高兴得神魂颠倒,他从一个房间蹿到另一个房间,捡拾着居民们遗留下来的小工艺品。他刚走进一间房子,马上又跳了出来,一条巨大的章鱼正把触手向他伸来。

他转向哈尔兴奋地哈哈大笑,呼吸器的进气口差点儿从他嘴上掉下来。哈尔看到他的眼睛在面罩里闪着冷酷的光。博士开始像个孩子似的手舞足蹈起来。

哈尔最害怕的事情发生了。博士已经得了那种被称为"深水麻醉""氮中毒""深海狂喜""氮麻醉"或"潜水员昏睡症"的怪病。

随便你怎么称呼它,得了这种病总不是好事。他们当务之急就是立刻把博士带到水面上。

哈尔向上指了指,游了过去,但博士并没有跟上。哈尔又游回去,拉着他的胳膊想和他一起游上去,但博士甩开他,眼睛里闪着愤怒的光。

哈尔朝罗杰招招手,罗杰马上明白博士出问题了,他和哈尔每人架住博士的一只胳膊向上游去。

丹博士使劲挣脱开,向房子之间跳去,每次落地都使他弹起1~2米高,这使他兴奋不已,跳得越来越起劲儿。

一座房子挡住了他的去路,他使劲一跳,足有6米高,落到房梁上,又大笑起来。幸好吸气口没从他嘴上掉下来。他像走钢丝一样在房梁上摇摇摆摆地走着,从这头走到那头,又跳向另一座房子。

哈尔向罗杰打了个手势,然后一起向处于"氮麻醉"状态的

11 "玩偶匣"岛

博士游去。哈尔又向上指了指,对博士微笑着,试图使他安静下来。

但当他试着去拉博士的胳膊时,丹博士的脸上露出了疯狂的表情,并且挥起了拳头。哈尔的脸上和罗杰的腹部都各挨了一拳,幸好海水把力量缓解了,打得不太疼。

当他们从惊愕中清醒过来时,博士又游走了。他正神气活现地在房梁上走来走去,快活得像一匹草原上的小马驹。哈尔和罗杰悄悄地跟了上去。

如果丹博士在梁上滑下来掉进房子里,就很可能落入一只饥饿的章鱼之口。章鱼最喜欢住在这种黑洞里。

一个黑影从他们头上闪过。哈尔抬起头,看到一条懒洋洋的鲨鱼正怀着极大的兴趣注视着这几个人的奇怪举动。随后又游过来一条。哈尔感到他和他的伙伴们好像变得很受鲨鱼欢迎了。

丹博士慢慢走向哈尔。他忽然停下来,把手遮在耳后,仿佛是在倾听什么声音,梦幻般的微笑浮现在他的脸上。患"氮中毒"的人总以为他听到了美妙的音乐:大型的管弦乐或天堂的歌声。

丹博士一抬头,看到了鲨鱼。他对它们很感兴趣,但似乎并不知道是什么,竟一直向鲨鱼游去,哈尔没来得及挡住他。

丹博士游到一条较大的鲨鱼下面,使足劲儿朝它的腹部打了一拳。

如果他打的是虎鲨或白鲨,他也就活不到现在了。幸好这是一条沙鲨,虽然个头很大,胆子却很小,它只满足于摇着尾巴游走。

可它摇动着的大尾巴正打在博士的头上，这一下不仅打掉了他的面罩，连吸气口也从嘴上脱了下来。他像一块柔软的布一样慢慢地沉了下去，显然已被撞昏了。没有空气，他很快就会被淹死。鲜血从他的额头上流了下来。

哈尔和罗杰抓住博士的胳膊把他向水面拖去。

又有一条鲨鱼游了过来，它是被血腥味吸引过来的。哈尔一看，不禁大吃一惊，这次可不是那条沙鲨了，而是一条噬人鲨，它经常毫无顾忌地攻击潜水员，因此被称为"吃人者"。

哈尔和罗杰使劲地拍打着水想把它赶走，但都徒劳无益。他们好不容易冲出水面，开始寻找他们的船。小船停在离他们足有500米的地方，如果要游那么远的距离，他们就得把两条腿留给"吃人者"。

哈尔取下吸气口大声叫喊，奥默的顺风耳听到了他的喊声。这个波利尼西亚小伙子立刻向船舱跑去。

"带上救生艇。"哈尔喊道，"有鲨鱼！"

奥默抛下船边的救生艇，跳了上去，拼命地划开了。哈尔和罗杰面对鲨鱼，用手掌拍打着水。他们知道，很难吓住这样一条吃人的鲨鱼，但这是他们唯一的办法。

鲨鱼游得更近了，它那凶恶的面孔露出水面，又沉了下去。两个孩子喊叫着，拍着手，为有奥默这样强壮有力的朋友而感到高兴。

小救生艇像飞鱼一样掠过水面，鲨鱼似乎有些吃惊，它犹豫着，迟迟不发起进攻。还没等它下定决心，小救生艇就驶了过来，猛地停住了，桨在水面上卷起一片水涡。

11 "玩偶匣"岛

"丹博士怎么了?"奥默一边把软绵绵的博士拽上救生艇一边大声问道。两个孩子也爬了上来,救生艇向小船驶去。

"他得了深水麻醉症,"哈尔说,"后来吸气口也掉了。"

不一会儿,博士就躺在甲板上了。人们忙着把他肚子里的水排出来。水吐出来以后,他昏迷地躺了足足5分钟。

"他会好的,"哈尔说,"他的脉搏正常。"

博士终于艰难地睁开眼睛,慢慢地环视了一下四周。他又把手压在太阳穴上,这样躺着休息了几分钟,然后向哈尔笑了笑,一种痛苦的微笑。

"唉,伙计,你看我到底还是没得'潜涵病'吧。"

"'潜涵病'?"哈尔说,"我说你会得'氮麻醉'。"

"噢,有什么不一样吗?"

"非常不一样。"

"好吧,那么我也没得你所谓的'氮麻醉'。"

显然博士对半个小时以来所发生的一切全都忘记了。

"那儿有一座有趣的村庄。"他说。他倒还记得那个村子。

"还有一条有趣的鲨鱼。"罗杰插嘴道。

丹博士用探询的目光望着他,"哪有什么鲨鱼,罗杰,也许你把一些影子误以为是鲨鱼了。"

"确实有鲨鱼,丹博士,"哈尔说,"你还和它们打了一架。但你并不知道,因为你已经神志不清了。"

丹博士默默地看着哈尔,很长时间没有说话,然后坐起来摘下脚蹼。

"哈尔,"他缓缓地说,"我不知道你葫芦里卖的是什么药,

11 "玩偶匣"岛

不管是什么,我都不喜欢。我原以为你是个好人。看来我错了。"

罗杰赶紧替他的哥哥辩解道:"确实有一条鲨鱼,丹博士。"

"我也看到了。"奥默说。

丹博士苦笑着抬起头来说:"你们联合起来反对我,想造反,对不对?你们早晚要受到惩罚的。在到夏威夷以前我可以忍耐一下,但到了那儿以后我就会痛痛快快地离开你们。"

12

"罐头"岛在喷发

无线电波越过天空传来新的消息：

"纽阿福欧岛正在喷发。"

"快乐女士号"扬帆向纽阿福欧岛驶去。

"水手们都叫它'罐头'岛。"艾克船长对孩子们说。

"是因为那儿的人都吃罐头吗？"

"不，其实住在岛上的人是吃椰子和鱼的。叫它'罐头'岛有一个更奇特的理由。以前开往这个岛的邮船不必靠岸，而是由本地人游泳来取他们的邮件。船上的木匠把所有的邮件都密封在大饼干桶里，游泳来的本地人就把它们推上岸。现在他们要坐独木舟出海了，因为曾有一个人在游水时被一条鲨鱼吃掉了。"

"我好像有几张'罐头'岛的邮票。"罗杰说。

"是的，集邮家们都想方设法收集'罐头'岛的邮票。如果他们有本事，最好多搞到一些。有朝一日那座老火山会把'罐头'岛从地图上吹得无影无踪。"

"罐头"岛离"玩偶匣"岛只有300千米，"快乐女士号"用不到一天的时间就赶到了。

他们最先看到的是一个烟柱，渐渐地，岛的轮廓也能看清了。

"我曾经在地质手册上查阅过它的情况。"丹博士对艾克船长

12 "罐头"岛在喷发

说,两个孩子也凑过来,"这个岛实际上是一座大火山,它耸立在1600多米深的海底,也就是说这座火山的高度超过1800米,但只有火山口露出水面。火山口里有一个4800米宽的湖,山外面可能有个裂缝,如果能找到它,我们就能驶进湖里。咱们找找看吧。"

"这对我来说可不是什么好消息,"艾克船长不太相信自己的耳朵,"把我的船开进喷发着的火山湖里,我不同意。"

"湖并没有喷发。喷发的是火山口。"

"但湖随时都会喷发,不是吗?"

"我想是的。不过我们不能放弃这个机会。我们来这儿就是为了考察它,不离近点怎么研究呢?"

艾克船长叼着烟斗,低声嘟哝着。孩子们已经爬上瞭望台,想好好看看这座奇异的火山岛。

艾克船长压低了声音说:"丹·亚当斯,有件事我一直想跟你说。如果你知道什么对你有用,可以让孩子们去办,不必亲自去了。那样会使你变得疯疯癫癫的。"

"无稽之谈!"丹博士火了,"那两个孩子一定跟你讲了许多无聊的故事。跟你说,我讨厌他们。他们既阴险又狡猾,那个大的总是想方设法让我丢脸,好使我被解雇,这样他就可以接替我的工作。"

"就算你说得有道理,博士,可就凭他那点火山知识,怎么能接替你的工作呢?"

"关键就在这儿,"丹博士说,"他知道的并不少,他这次见到的火山已经够多了,我带的书他也都看过了。我真后悔给他这些机会。说真的，他的确思维敏捷，学得很快。"

"因此你怕他，"艾克船长的语气中带着嘲讽，"一个不过十几岁的孩子！"

丹博士怒发冲冠："我谁也不怕！但我不信任他，他的弟弟，还有那个奥默。"

"你信任我吗？"

丹博士很不自然地换了一种口气："你和他们不一样。"

艾克船长心里觉得很可笑。"别胡思乱想了，"他说，"没人想陷害你，你错怪他们了。如果我告诉你，在那次潜水中你变得呆头呆脑，是他们救了你的命，大概你也不会相信吧。"

丹博士脸色变得苍白，眼睛紧盯着艾克船长，目光冷酷无情。"那是他们跟你讲的，"他说，"你没有亲自下去，对吧？所以听信两个小孩子的话，跟我作对。"

艾克船长能看得出，丹博士已愤怒到了极点。

"不要再说了，"他说，"忘掉这些吧。刚才你说的那条通道在哪儿？"

"在这边儿，也许就在那个凹进去的地方。"

博士说对了。当他们的船驶得更近时，就看到了湖的入口。入口处很窄，还不到9米宽，但这对"快乐女士号"来说已是绰绰有余了。这条小船有生以来第一次置身于火山之中。

四周的火山口壁一般都有180多米高，只有北面高达300多米。

孩子们以前也见过类似的火山，他们想起了俄勒冈的火山湖，那儿也有一个充满水的火山口，但那是一座死火山。

12 "罐头"岛在喷发

现在看到的却是一座活火山。湖面上不时升起小股蒸汽，而在西岸，有一排小火山正像烟筒一样喷吐着蒸汽烟云。它们是大火山的"孩子"。丹博士数了一下。

"一共有 30 个冒烟的火山口。"他说。

除了冒烟的地方显得荒凉可怕外，湖周围其他地方都很美，岛上长满了杠果树、椰子树、铁树、露兜树和其他的热带灌木林。透过这些树木，可以看到土著人的村寨。孩子们数了一下，一共有 9 个。

"我真不明白，"艾克船长说，"所有这些人怎么能住在一个火山口的边缘上呢？"

"这儿住着 3000 多人。"丹博士说，"20 世纪这里有 5 次可怕的火山爆发，但他们还住在这儿。这也难怪。"他环顾了一下美丽的树丛和火山口周围那些舒适的村寨，"真是一个景色宜人的好地方——只要火山不爆发的话。"

船上只有一个人到过这里，那就是年轻的有着棕色皮肤的水手奥默。他出生于一个南部海岛，曾坐一条商船来过"罐头"岛。

他指着北边一处火山口边上的村寨说："那是安哥哈村。那个村的酋长统治着整个岛屿。有一次，他的一些臣民造反了，到南边建立了他们自己的村寨，拒绝向酋长进贡。他们的首领声称，宁可让他的村寨被神毁掉也不称臣纳贡。他的话刚说完，他的房基就裂开了。炽热的岩浆喷了出来，首领死了，房子也被烧掉了。岩浆蔓延到整个村寨，吞没了所有的房屋和 60 条人命。"

"那是惩罚。"哈尔说。

"是的。你知道，那些人不懂得这些事情的科学道理。比如，他们认为地震是他们的'摩依'神引起的，据说他沉睡在深深的地下，当他翻身的时候，就发生了地震。"

"他又在翻身了。"哈尔说。湖水一阵剧烈的动荡，"快乐女士号"震动起来。火山灰和石块纷纷从火山口壁上滑下来溅落到湖里。岸上传来人们的叫喊声。一直用望远镜观察的艾克船长报告说："几幢房子震塌了。岛上的人都像热锅上的蚂蚁一样乱撞。"

"他们处境很危险，"丹博士说，"30个火山口一起喷发会引起许多灾难。"

火山灰暴雨般地落在甲板上，有时还落下一些较大的石块。哈尔把它们拿在手里，并不太烫，而且很轻。

"浮石，"他说，"和我们在浅间火山找到的一样。"

他把石块丢进水里，石块就浮在水面上，一块块的浮石随波逐流，像一个个黄色的小岛。

又有一个石块"砰"的一声砸在甲板上，罗杰走过去想把它拾起来。

"别去，"哈尔警告道，"小心烫着！"

"可你拿的那块并不烫呀。"

"我知道，可那是块浮石，里面充满了气孔。而这一块可不是一般的岩石，我一直在注意它。那是一颗火山弹。"他话音刚落，就传来一声巨响，有什么东西在他们头顶上空3米的地方炸开了，碎片落了他们一身。

"那么，火山弹和一般的石块有什么区别呢？"

12 "罐头"岛在喷发

"石块是实心的岩石,而火山弹是空心的,里面充满了气体,气体受热膨胀就会把石块炸得粉碎。"

"摩依"神在睡梦中又翻了个身,巨大的石块排山倒海般地落到湖里。安哥哈村高处的一座教堂忽然摇晃起来,刹那,土崩瓦解,夷为平地。雨点般的火山弹在屋顶上炸开,许多房子被烧着,人们惊慌失措。他们能去哪儿躲避这30个魔鬼呢?

"应该把他们疏散开。"丹博士说,"但要把他们都运走需要一条大船,我们最好赶紧求援。"

他走进船舱,发出了求援信号,请求所有收到信号的船只立即赶来救援"罐头"岛上的居民。

他只收到一个回答,是一艘名叫"玛图亚"的蒸汽船发来的,船长说他的船离"罐头"岛将近60千米,明天早晨才能赶到。

一股股火舌从大大小小的火山口里喷射出来,与此同时,又一次强烈地震震撼着小岛,大半个山脊"轰"的一声崩塌下来,落入湖里。

"我受够了!"艾克船长说,"不管怎么样,我得把'快乐女士号'带出这个魔窟。"他命令奥默起航,小船迅速掉过头来驶向出口。

不幸的事情正等待着这条小船。当它驶到湖边时,却发现已经没有出路了。地震把成千上万吨的石块堆在9米宽的入口处,堵得严严实实。过去是清澈的水道,现在却成了一堵6米高的石墙。

13

受困火山湖

"你的目的达到了,"艾克船长把一肚子怒气都发泄到丹博士身上,"你把我们骗进一座活火山,现在该怎么办?"

"你和我想的一样。"丹博士承认,"天亮以前也许我们只能等待救援。天亮以后我们可以靠岸,越过这个岛,逃到'玛图亚号'上去。"

"把'快乐女士号'留在这儿?"艾克船长喊道,"你不心疼?!可我决不放弃这条船,让它烧毁沉没。如果它留在这儿,我也留在这儿。是你把它带到这儿来的,你最好动一动你那火山学家的脑袋,想办法把它弄出去,因为只有它出去以后我才出去。"

"快乐女士号"掉过头来驶向离那30个火山口最远的一边。即使在那儿,火山灰、火山渣、石块、火山弹仍然雨点般地落在甲板上,处境依然很危险。

山顶上惊恐的居民们向小船打着信号,但"快乐女士号"也无能为力。通过这么长的距离对话是不可能的,而且石壁太陡,下边的人爬不上去,上边的人也爬不下来。

房屋一间接一间地燃烧起来。茅草屋顶和篱笆一样的墙像纸一样,见火就着。

"快乐女士号"的帆被紧紧地卷了起来,几只水龙头不停地

13 受困火山湖

向它喷水。尽管竭尽全力，仍然不时冒出火苗。

这个大火山口除了有几处冒着蒸汽外，一直像死的一样，但现在却显示出强大的生命力。湖里的3个小岛，每一个都有自己的火山口，它们开始轰隆轰隆地吼叫，喷出滚滚浓烟。

和5米宽的主火山口相比，它们可算是小巫见大巫，哈尔估计，即使是最小的也有300多米宽。不久，3个火山口就开始像公牛一样吼叫起来，喷射出一串串石块和火山弹，这些火山弹就像炮弹似的一个接一个地炸开。

"闭上眼睛，"罗杰说，"你会感到这简直是一场海战。"

"可你最好还是睁开眼，"哈尔说，"否则你的脑袋上就会挨一下。"

他们必须时时注意躲避从天而降的石块。好在很远的地方就能看到这些石块。这样，它们在即将落下的时候，人就能比较从容地闪在一边，让它们砸到甲板上。

如果是一打或更多的石块一起飞来，那就可能会顾此失彼了。

夜幕降临，灼热的石块在空中闪烁，犹如从天而降的火球。成百上千的火山弹在半空中炸开，碎片射向四面八方，看起来就像一场精彩的焰火表演。

"还记得纽约国家博览会上的焰火吗？"罗杰说，"那次他们花了200万美元，现在我们分文不花就能大饱眼福。"

哈尔笑了："命中注定我们有福气。"他边说边闪身避开一个石块。

"你们这些小孩子最好到下面去。"艾克船长气呼呼地说。他提着一桶水从他们身边跑过去,要把一处火浇灭。

两个孩子立即抓起水龙头来帮忙。把火扑灭后,哈尔说:"你需要我们在这儿。另外,我们也不想错过这么好玩的机会。"

艾克船长吼了起来:"你们这些小傻瓜!这儿好玩吗?!等你们像我这么大,自己有条船的时候,就不会觉得待在一座活火山里是件好玩的事了。"

"就算你说得对吧。"哈尔说着,开始用水管冲刷积在甲板上的厚厚的火山灰。

罗杰拿起一把铁锹,一边走一边找大块石头。他用铁锹遮住脑袋,像戴了一顶钢盔。石块"砰砰"地落在上面又弹开了。他一找到石块、火山弹、浮石或黏糊糊的岩浆,就把它们铲到水里。当他发现哪儿着了火的时候,就喊他的哥哥,哈尔便拿着水管子跑过来。

清理工作紧张地进行了两个小时,直到3个火山口安静下来,他们才松了口气,真希望火山再也不要爆发了。

老"罐头"火山只是喘了一口气,正在酝酿一次新的爆发。地狱之神没能够把蚂蚁一样的人类消灭掉,他一计不成,又生一计。

随着一阵震耳欲聋的咆哮声,他们头顶上方的石壁裂开一条大缝,一股火舌喷射而出。随之而来的是一团奇怪的、浅绿色的烟雾,翻滚着向小船压下来。

"毒气,"丹博士说,"我想知道到底是哪几种。"

他像嗅到芬芳的玫瑰一样,贪婪地闻起来。可毒气的气味并不好闻。

13 受困火山湖

"二氧化硫、氨气……"丹博士一一叫出它们的名字,"但最可怕的还是那些既看不见又闻不着的气体——二氧化碳和一氧化碳。"

每个人都咳嗽起来,像离开水的鱼一样喘息着。哈尔觉得仿佛有一条厚厚的毯子捂在他的鼻子和嘴上。他快要窒息了。

同时,一种昏昏欲睡的感觉悄悄地在他身上扩散开了,他只想躺下来睡上一觉,其他事情,甚至连救船和逃命似乎都无关紧要了。

他强迫自己爬起来。他明白发生了什么事情——一氧化碳等毒气正在包围他们。他们怎样才能逃走呢?

"我们往湖心走走吧。"他建议道,"那儿的情况也许不像这儿这么糟。"

"没有风。"艾克船长提出疑义,"不过我可以用发动机。"

"别那么干!"丹博士大声喊起来,可是已经晚了,奥默快得像只猫,他早就跳过去按下了发动机的启动按钮。说时迟,那时快,随着"轰"的一声巨响,一团火焰喷了出来,奥默被抛到3米以外的甲板上,马达也停转了。

"幸亏只有少量的可燃气体,"丹博士说,"否则我们和船就会被送上西天。这里有些气体是高爆性的,在这种情况下绝对不能启动马达。"

"那么我们就在这儿等死?"艾克船长说着,一屁股坐在舱盖上,用手按着发昏的脑袋。

"船上有防毒面具吗?"丹博士问。

艾克船长哼了一声:"防毒面具?谁听说过船上带防毒

面具?"

他懒洋洋地躺在舱盖上,看起来也只能如此了。每个人都有同样的想法——听天由命吧。

"防毒面具。"哈尔像说梦话似的自言自语。忽然,他的脑子里闪出一个想法,他清醒了:"防毒面具!为什么一定要有防毒面具,其他东西也一样。用水中呼吸器代替!"

他们互相对视着,努力使自己冷静下来。一股股热浪随着毒气迎面而来,热得他们汗流满面。他们艰难地思考着,思路逐渐清晰了。呼吸器——对,为什么不用呼吸器呢?

他们摇摇晃晃地站起来,不听使唤的腿吃力地拖着他们走下升降口去取呼吸器。当他们把呼吸器拿出来,穿在身上,并把吸气口放到嘴上后,他们又开始呼吸到了新鲜空气。

像从一场噩梦中清醒过来,迷雾消散了,头脑清醒了。在高处燃烧着的房子发出的火光的照耀下,他们可以看出彼此的神态都不太紧张了。他们睁开紧闭的眼睛,目光中充满了新的希望,生命最终又显得重要起来。

他们能逃过毒气,但能摆脱被烤焦的命运吗?温度越来越高,他们已经汗流浃背了。从峭壁裂缝中喷出的火焰把30多千米远的海面都烤热了,炽热的火焰足以把钢铁烧得像糖浆一样。

哈尔紧紧地倚在栏杆上,眼睛盯着黑乎乎的水面,他觉得海水从来没有像现在这样凉爽诱人。他真想跳进去。凉爽的水近在眼前却要在火中等死,岂不太冤枉了。

跳下去——为什么不呢?他以前怎么就没想到?

他突然放声大笑,其他人都被吓了一跳。他把他们召集到栏

13 受困火山湖

杆旁边,指了指下面,然后,连衣服也没脱,就爬过栏杆,一头扎进水里。

要是在别的时候,他都会觉得水很热。因为,虽然湖下面没有火,但炽热的石块大量落进湖里,使水的温度升高了。不过,这对处于烈火包围中的哈尔来说,却觉得凉爽极了。他感到快要被烤干的身体,又充满了新的活力。

他焦急地等着其他人也跳下来和他共享快乐。希望他们能坚持到救援到来,不要现在就热晕了。其他人很快就和他在一起了,他们的头露在水面上,脸上带着满足的笑容。

但他们的头仍然热得难受,于是就向下游去。当他们潜到3米以下时,水已经不热了,他们浮在那里,轻松地呼吸着,悠然自得。

他们的上面是一片火光,旁边是"快乐女士号"那黑黢黢的船体。鱼儿在他们头顶上游来游去,投下一个个黑色的阴影,他们希望这些鱼都是小鱼,友好的鱼。哈尔忽然想起了吃掉邮递员的鲨鱼。

也许这种湖里根本就没有鲨鱼,也许这里的鲨鱼比外面还多,因为村民的祭品可能就扔到这个湖里。

但他宁可被鲨鱼一点点吃掉,也不愿让火焰慢慢地烤死。

一个巨大的阴影出现在他们头上,遮住了火光。它太宽了,而且显得很迟钝,不可能是鲨鱼。什么东西会有那么宽呢?月鱼只有 1.2~1.5 米,而这个东西却宽大得多。

可能是海鳐或鳐鱼,那种扁平的鱼有 3~5 米宽。哈尔希望能看到一条像刀子一样锋利的细长尾巴,以便证实他的判断,但却什么也没发现。罗杰也看到了那个怪物，并决心要弄个水落石出。哈尔还没反应过来，他就猛冲过去，朝那个黑东西猛击一拳。他的勇敢换来的是几个被碰破的手指，而那个黑家伙却岿然不动。

哈尔和博士也游过来想看个究竟。他们顺着底部一直摸到边缘，然后浮出水面，这才发现原来是一个小浮石岛，足有1米高。

罗杰再也不感到孤独了，他兴奋地爬上了小岛。

"我回家后一定要给他们讲讲这个，"他得意扬扬地说，"坐在一个石头筏子上。"

然而这个筏子却忽然漏了，他从洞里掉进了水里，锋利的石块在他身上划了几个口子。

哈尔和丹博士也跟着潜入水下，因为水面上仍然很热。

他们还要在水下待多久呢？呼吸器里的空气只能再维持一个小时。到那时候他们就没有别的选择了，只有浮上去，否则就要被淹死。

水下避难所变得越来越暗，哈尔希望这是上面的火焰熄灭了的缘故。但他觉得这种解释太幼稚了，他怀疑可能有另一个原因——越来越多的浮石漂过来覆盖了水面。他们的头顶上正在形成一个石顶，也许会很宽很厚，把他们的道路切断。

哈尔听到过一些潜水员的故事。他们在北冰洋潜到海底去寻找船的残骸时，巨大的浮冰在他们头顶上连成了一片。从此他们就再也没有浮上来。现在的情况和那时非常相似，只不过不是冰顶，而是石顶。

13 受困火山湖

他看到丹博士也在向上观望,知道这位科学家也意识到了潜在的危险。这会使他受刺激干一些怪事吗?或是因为莫名其妙的精神失常而发呆?然后吸气口从他的嘴上掉下来,那样的话,他就完了。

哈尔想到了博士对他无端的中伤。他曾经说哈尔是个懦夫,是个鬼鬼祟祟的人。如果是别人的话,哈尔想,他早就痛打他一顿了。但他怎么能这样对待一个有时精神失常的人呢?他只能忍气吞声,希望有朝一日能把这个杰出的大脑里的毛病治好。

时间大概过了3刻钟,哈尔觉得该上去看看情况了。他游了好几分钟才找到了一个浮石的缝隙,探出头来。

从石壁裂缝里喷出的火焰不像以前那么凶了,水面上也不像以前那么热了,但热度仍然不是常人所能忍受的。哈尔觉得他的头像是伸进了一个火炉里,眼睛被烤得生疼。

他又沉了下去,头上的浮石很快把缝隙堵得严严实实,光线又昏暗下来。

他什么也看不到,只希望其他人仍然在附近。他在黑暗中摸索着,希望他的手能碰到罗杰的手,或是丹博士的,谁的都行。

他终于抓住一个又凉又滑的东西,但立刻就从他手里逃走了,速度很快。哈尔断定是一条受惊的鱼。

不久他抓住了一个人的手腕,不太粗大,可能是罗杰的,他希望是这样。

他用一只手抓住罗杰,用另一只手继续摸索着,终于又抓住了一个不断颤抖的东西,好像是一条大章鱼的触手,不,那是一个人的胳膊,而且不可能是艾克船长或奥默的,因为他不相信世界上有什么力量会使这些顽强的水手发抖。一定是丹博士,他的神经又出问题了。哈尔手里的胳膊使劲抽动了几下,但他还是紧紧地抓住了它。

是生是死,就决定于这几分钟了。

事态的发展比他想象的还要糟。他的空气越来越少,很快就用完了,他觉得自己像是到了真空里。他松开抓着罗杰的那只手,接通了5分钟的备用空气。

他摸到罗杰的空气开关想看看他是否也打开了,已经打开了。然后他去摸丹博士的,还没打开。哈尔扭开了开关,新鲜空气流进了科学家的肺里。

他又摸到几只手,可能是奥默和艾克船长的。大家还在一起真是太幸运了。他们现在只能待在一起。再过5分钟,备用空气就用完了,必须在5分钟之内从这座水下坟墓里逃出去。

哈尔拉着其他人一起向上游。他已经想好了,寻找裂缝的办法是行不通的,在几百米之内找到裂缝的可能性微乎其微,也许根本就没有。

如果他们分散到各个方向去找,其中一两个人也许能找到,但其他人就完了。因此他们必须同心协力。

他的头碰到了上面的浮石顶。

他把头顶上的石块拉下水来,塞到罗杰手里,又推了他一下。

罗杰明白了他哥哥的计划,把浮石一块一块地移开就会形成一个洞口。不过石块要拿到几米远以外,否则它就又会浮起来把洞口堵住。罗杰把手里的石块拖到较远的地方又回来搬另一块。

13 受困火山湖

这时其他人也一起干了起来。丹博士帮着哈尔把顶上的石块拉下来,交给罗杰、奥默和艾克船长,由他们把石块运走。

一束光线透了下来,又搬了几块后,一个能让人通过的洞口打通了。

哈尔抓住罗杰,不管他怎么坚持让其他人先上,还是把他推了上去。罗杰趴在顶上,伸出手来帮助第二个上来的人——丹博士。

博士看到洞口边的石块开始靠拢,就在上面把石块扒开。同时,下面的人也不停地搬动着石块。奥默上来了,艾克船长也上来了,最后是哈尔。他刚爬上来,洞口就又被封住了。

他们呼吸完最后一点儿空气,把吸气口从嘴上取了下来。毒气已经稀薄了,周围也不那么热了。

下一步就是要上船,"快乐女士号"停在50米以外。看起来不远,但要从浮石顶上爬过去可就难多了。尽管石块紧紧地嵌在一起,有的地方甚至被熔岩粘在一起,但如果脚踩到上面,石块不一定能承受得了,更何况石顶又厚薄不一呢!

为了保险,他们手脚并用,有时甚至趴在上面,一点点挪动身体,这是分散体重的最好办法。有一次,丹博士的脚陷了下去,如果不是奥默和艾克船长在他附近及时拉住他,整个身体就会掉下去。危险过去以后,博士喘息着躺了一会儿,又打起精神顽强地向小船爬去。

直到所有的人都安全地上了船,博士才彻底松了口气。一句话还没说完,他就倒在了甲板上,是睡着了,还是累昏过去了,哈尔也说不清楚。

为了确信他没有死于突发性心脏病，哈尔摸了摸他的脉搏，脉搏跳动有力，说明博士很健康。

"咱们把他抬到床上去吧。"哈尔说。

奥默解下呼吸器，和哈尔一起把熟睡的博士抬进船舱，给他脱下湿衣服，擦干身子，放到床上，盖好被子。博士一直酣睡着。

哈尔和罗杰高兴地爬上自己的床，想美美地睡上几个小时，奥默蜷缩在露天的甲板上打盹儿，随时准备采取行动。

14 圣埃尔摩之火①

艾克船长一直担心着他的船,因此无法入睡。他在甲板上迈着大步踱来踱去,一边低声埋怨着,一边看着从石缝中喷出的火焰、燃烧的房屋和30个不时喷出岩浆的火山口。

他最关心的还是天气的变化,海员的直觉告诉他,那团由蒸汽、烟尘、毒气组成的巨大的烟云与预示飓风来临的乌云非常相似。由于不太了解火山地区天气变化规律,他不能下结论,但他对一团团被横冲直撞的气流吹来吹去的烟云很不放心。

叉形闪电此隐彼现,仿佛高空中的巨人们在用黄色长矛进行一场混战。其他地方的片形闪电,就像有人在天堂里的晾衣线上刚刚挂上湿衣服又立刻取走一样地变换着。

"讨厌,烦人,该死,"艾克船长每走一步都要说一句,"我不喜欢!"

他吃惊地停了下来,抱头看着桅杆。像一只只夜光表的表针一样,桅杆从头到尾都闪着幽灵般的微光,就连支索上也发着光。

"好兆头!"艾克船长大声喊起来。

---

① 圣埃尔摩之火,是火山周围出现的低压放电现象。因出现在意大利的圣埃尔摩教堂而得名。——译者注

奥默惊跳起来："有事吗？"

"不，伙计，看看这是什么，幽灵上船了。"

"那可太糟了。"奥默说，"我们的人说那是死人的灵魂。可能要发生什么不幸的事了。"

"废话，你难道不知道这是什么，这是圣埃尔摩之火。圣埃尔摩是保护水手的，我们会平安脱险的。"

"那是你们白种人的迷信吧？"

"白种人不迷信，只有你们棕色人种才迷信。"

但他的话刚出口，就后悔了。他怎么能说棕色人的见解比白人的更愚蠢呢？他自己认识的人当中就有相当笨的白人和一些十分聪明的波利尼西亚人。

"好了，也许我们都错了。"他承认道，"科学家们说那根本就不是什么幽灵，只不过是电玩的一个把戏。你看那个。"

一颗橘红色的星星在前桅的正上方闪烁着。艾克船长盯着它说："太不可思议了，是不是？有人说它是命运之星，会保佑我们平安无事的。"

"但我们的人说……"

"我们又要抬杠了。"艾克船长大笑起来，"只是在有闪电的时候它才出现，因此正像他们所说的，可能也是一种放电现象。瞧，主桅上边也有一颗蓝色的星星。他们告诉我，那个橘红色的带正电，蓝色的带负电。听！"发光的桅杆和支索上不时发出噼啪声或咝咝声。当天空出现闪电时，声音就更响；当天空恢复黑暗时，响声也就逐渐消失了。那种神秘的橘红色和蓝色的光，像星星一样在桅杆顶上闪烁了一个多小时，然后就消失了。这时暴

14 圣埃尔摩之火

雨已经把小船吞没。

伴随着暴雨而来的是狂风。呼啸的狂风打着旋向小船刮来。小船顺着风向抛锚。但锚也被拖了起来,看来小船非要撞到岩石上去了。

哈尔和罗杰摇摇晃晃地跑了出来,可谁能使它停下来呢?人类在火山喷发引起的风暴面前显得太软弱太渺小了。丹博士,如果他醒着,也许能说出这些自然现象的原因,但大概也无力阻止。

火山湖在狂风暴雨中变得巨浪滔天,浮石在船体上撞来撞去,每一次都像撞在艾克船长的心上。

"千万别在它身上留下伤痕!"他痛惜地说,"但愿别被磨出个洞。"

酷热已经过去了,人们被淋得透湿,在风雨中瑟瑟发抖。

但热源依然存在,火山还是不断地把火焰喷射到暴雨中;引起山崩的地震,使石壁上不断出现新的裂缝,喷出更猛的火焰。

黎明时分,暴风雨停了,但地震仍然不断。每次地震后,总会传来几声巨大的爆炸声,既不像地震引起的崩裂声,也不像火山的喷发声。丹博士一大早就来到甲板上,显然是被吵醒了。

"你听那爆炸声,那是怎么回事?"艾克船长问。

"蒸汽爆炸。"丹博士说,"地震引起地裂,如果裂缝在水下,水就会涌进去,遇到岩浆,剧烈汽化,便会发生爆炸。"

奥默从厨房里端出一些热饭菜。温暖的阳光快把湿衣服晒干了,发抖的身体也暖和起来。

尽管仍然置身于活火山中,但他们还能得到一点儿安慰。他们可以在较低的岩石处靠岸，穿过小岛，逃到外面的海滩上去，那样他们就能乘坐"玛图亚号"脱险了。

"'快乐女士号'怎么办？我不会离开它的。"艾克船长十分坚决。的确没有一个人愿意离开它，他们的小船已经成了他们不可分离的真诚的朋友。但怎样才能让一条船越过6米高的石墙呢？

"咱们起锚去看看出口吧，"艾克船长说，"也许它现在已经通了。"

这只是美好的愿望，通道上的石块怎么可能自动让开呢。小船费了九牛二虎之力才驶过浮石，看到的却是通向海洋的出口依然被石墙堵着。他们绝望了。

"要是有点甘油炸药就好了。"不幸的船长痛心地说。

"甘油炸药。"其他人也重复着。那时，甘油炸药似乎成了世界上最珍贵的东西，但船上连一个爆竹都没有，更不用说一批炸药了。

出口一侧高出水面几米的地方，一个裂缝正冒出滚滚浓烟。

"一定是地震造成的。"博士说。

大家都呆呆地望着石缝里冒出的浓烟。

哈尔昏昏沉沉的脑袋好不容易才转过弯来，裂缝，烟，有烟就有火，那里一定很热。

他转向丹博士："你说蒸汽爆炸是怎么回事？"

"只不过是水涌进石缝，遇到岩浆，变成蒸汽，迅速膨胀，就爆炸了。"

"爆炸能把出口上的石块炸开吗？"

14 圣埃尔摩之火

"绰绰有余。"丹博士说,"你说这话什么意思?"

哈尔犹豫着说:"我有点异想天开,也许不会成功。"

丹博士的口气带着嘲讽:"那干吗还要浪费我们的时间?"

其他人可不那么想,艾克船长催促道:"说说你的想法吧,小伙子。"

"好吧。我想,既然水流进石缝能产生爆炸,那么我们为什么不能把水灌进石缝呢?"

"我们怎么干呢?"

"用水龙头。"

罗杰高兴得手舞足蹈:"噢,伙计!那就能炸开出口的石块,我们就能出去了。快干吧!"

"等一下,"哈尔说,"事情没那么简单,石块能被炸开,同时我们也会被送上西天。"

人们的情绪又低落下来。本来那是一个非常巧妙的想法,他们甚至设想自己已经安全地离开了这座要命的火山。可现在他们又成了无望的囚徒。

丹博士皱起眉头思索起来。"我不能肯定这个计划就一定不会成功。"他说。

"但我们得把船驶到裂缝旁边,才能把水龙头插进去。"哈尔说,"爆炸会把我们炸得粉碎。"

"不要紧,爆炸不会马上就发生,产生足够的蒸汽需要一段时间。把一壶水放到火上,它会立刻变成蒸汽吗?"

"不,大概需要 10~15 分钟。"

"对。当然这儿的火比炉子要热得多,但我们多加点水就行了。如果我们把一两吨水灌进石缝里,需要 10~15 分钟才会产生足以引起爆炸的蒸汽,这段时间足够我们撤到安全地区。我觉得你很了不起,哈尔。"他苦笑着承认道,"我多么希望这是我想出的办法而不是你的。但不管是谁的,只要能使我们脱险,我都愿意尽力而为。"

哈尔对他自己的计划还有一点儿不放心。"石缝,"他说,"可能像一个打开的安全阀一样,把蒸汽都放光,那就不会爆炸了。"

"对,也许可能。你知道所有这些爆炸是怎么发生的吗?地震造成裂缝,水涌进石缝里变成蒸汽,尽管一些蒸汽从石缝中跑出来,但还是发生了爆炸。关键就在于裂缝太小了,只允许一小部分蒸汽漏出去。想想蒸汽机车,你也会看到蒸汽从阀门里喷出来,但仍然能推动活塞,带动长长的列车向前行驶。蒸汽的巨大力量就在于它的膨胀性。水变成蒸汽时,体积要膨胀 1600 多倍,也就是说,一个 1.2 米见方的盒子里的水变成蒸汽后能充满一间房子。5 厘米宽的裂缝漏出的气体是微不足道的。我们能造成一次爆炸,一次成功的爆炸。咱们动手吧。"

15 "快乐女士号"脱险

看看丹博士是怎样执行一个由他打心眼儿里不喜欢的人制订的计划吧。哈尔觉得这件事表明,尽管丹博士的大脑有毛病,但仍然是一个好人。

奥默控制着发动机,艾克船长掌着舵,小船驶到了裂缝边上。哈尔和丹博士拿着水龙头上了岸,罗杰不愿放弃这个机会,也跟了下来。

脚下的石块很烫。裂缝大约只有30厘米长,宽度恰好能使直径5厘米的水龙头通过。

3个人透过裂缝观察着这个凶猛的"弹药库"。它在下面扩展成一个洞,好像延伸到了通道的下面,洞里被岩浆照得雪亮。

他们能看到1.5米以下的地方,却仍然看不到底。他们就是要把这间威力无比的"弹药库"变成一个巨大的"蒸汽锅炉"。在"锅炉"顶上"指手画脚"真叫人胆战心惊。他们希望博士说的话是对的,"炉顶"不会一灌水就飞上天。

哈尔向奥默发出了启动水泵的信号。湖水通过水龙头哗哗地注入炽热的洞穴里。凉水遇到灼热的岩浆发出"咝咝"的尖叫声,洞里立刻升起一片蒸汽云。

"炉顶"会留出时间让他们逃走吗?

然而,随着湖水的注入,洞里的颜色由耀眼的白色变成了暗红色，水蒸气也消失了。灌进去的水很快就沸腾了，水一直灌了5分钟，然后丹博士喊道：

"够了！"

奥默关掉水泵，把发动机开到最大马力，人们刚爬上船，小船就开始向远处驶去。发动机发出"噼噼啪啪"的响声，大家都焦急地看着奥默。如果发动机在这个时候坏了，他们就会成为自己计划的牺牲品，那可是最不幸的事了。

发动机喘息着，噼啪作响，但这只是开了一个玩笑而已，也许它和他们一样热爱"快乐女士号"，在死神步步逼近的时刻，它成功地运转着，一直把小船带出危险区。

直到小船驶出800米并靠近一个小岛时，丹博士才认为安全了。小船停了下来，人们都聚集到船头，焦急地等待着他们的实验结果。

从裂缝里冒出的缕缕烟尘被猛烈的、笔直的喷气柱所代替，气柱很细，却高达6~9米。

"我们应该把洞口堵住。"罗杰说。

"一点儿用都没有。"丹博士说，"蒸汽会把塞子喷开。"

蒸汽喷出洞口时发出的"咝咝"尖啸声从水面上传了过来。忽然，气柱的体积增大了一倍。

"那表明蒸汽已经把一些岩石吹开，洞口扩大了。"哈尔说，"如果继续下去……"

丹博士仍然满怀信心，他懂得蒸汽的力学原理。"打个比方吧，"他说，"假设在那个洞里有一个巨人，他的一根手指头从缝里伸了出来，能说他可以从缝里逃出来吗？当然不能。他太大

15 "快乐女士号"脱险

了,能逃出来的唯一办法就是把洞口冲破。我想蒸汽巨人也会这么干的。"

他们静静地观察着,紧张极了,连眼睛都不敢眨一下。他们离得够远吗?就连博士也说不清爆炸的威力究竟有多大。但至少他们可以保证当地居民不受伤害,因为他们的村庄在高高的石崖上,离通道很远。

咦,村民都在哪里呢?哈尔扫了一眼高处的村庄,除了燃烧的房子外连个人影都没有。落下的火山弹不断燃起新的火焰,却没一个人去救。人们都藏到哪儿去了?

他又向通道口望去,喷出的气流更加猛烈了,"咝咝"声变成了尖啸声,巨人越来越怒不可遏了。

忽然,眼前一片火光,接着一声天崩地裂般的爆炸声,巨人冲出了牢笼,把石块抛向四面八方。冰冷的石块、炽热的熔岩四处横飞,巨浪翻滚的蒸汽云海把他们的视线挡住了。

除了一些"嗖嗖"飞来的碎片外,他们什么也看不见了。他们手忙脚乱地躲避着这些石块,焦急地等待着蒸汽云散开。

云海散开的速度很慢,让人着急。他们瞪大了眼睛。渐渐地,山脊显露出来,但形状已经和以前大不相同了。通道口仍然被一团浓雾笼罩着。

雾终于散开了,他们高兴得连气都喘不过来了。阳光把黑色的岩石照亮了,一条畅通的水道由湖里直通大海。

"太棒了!"艾克船长喊道,"我们畅通无阻了。奥默,发动机!"他向丹博士笑道,"我原谅你,但这是你最后一次把这条船带进一个火山口了。"

131

丹博士也笑了。"这也是我的最后一次了，"他说，"连我也不喜欢这鬼地方。"

在发动机的欢叫声中，"快乐女士号"向出口驶去。

"慢点，"丹博士提醒道，"水下可能还有石块。"

小船小心翼翼地驶过通道，龙骨没有碰到一块石头，说明爆炸进行得非常彻底。不久，小船就在美洲与亚洲之间广阔的海面上自由自在地漂荡着了。所有的人都陶醉于新生的喜悦之中。

"罐头"岛又在地震中发抖，滚滚波涛追逐着"快乐女士号"，火山口喷出的火焰更猛烈了。

透过轰鸣声传来另一种声音，一种长而平稳的声音，那是蒸汽船的汽笛声。

"一定是'玛图亚号'，"丹博士说，"我们绕过这个海岬就能看到它了。"

绕过海岬后，他们清楚地看到"玛图亚号"正向这边驶来，它被自己冒出的黑烟包围着。哈尔现在终于明白村民们为什么会放弃烈火冲天的村庄了。他们早就看到蒸汽船了，并且跑到海滩上等待着它的到来。成百上千的棕色人，男人、女人、孩子，还有几个白人，大概是牧师或是传教士，他们有的背着包袱，但大多数人什么也没带。他们绝望地站在那儿，无家可归。美丽的岛屿被火摧毁了，肥沃的土地被火山灰埋没了，他们的生命受到岩浆的威胁。

"快乐女士号"向他们驶去，一条独木舟也从海岸划了过来，船上坐着几个村民和一个白人。独木舟靠近后，上面的白人对站在船栏边上的艾克船长说：

15 "快乐女士号"脱险

"我叫科尔,是这里的传教士。"

"我是艾克船长,上船吧。"

"我们在湖里看到这条小船了。"科尔爬上来后说,"恐怕昨天晚上你们不好过吧,我们现在能帮你们什么忙吗?"

艾克船长很惊讶:"你们能不能为我们干什么事倒没关系,重要的是我们能帮你们什么忙。你能想到我们太好了,可你们一定比我们更难过。"

"太可怕了。"科尔承认道,"这是南太平洋里最美的岛之一,现在只剩下一片冒烟的废墟了,3000人已经一无所有。我们不知道该怎么办?留在岛上还是离开,这要由火山的发展情况而定。"

"那些事我也不懂,"艾克船长说,"但我们船上有一位火山学家,也许他能告诉你。"他向科尔介绍了丹博士。

"如果有可能的话,我也希望你们留在这儿。"博士对科尔说,"坦率地说,我相信火山爆发刚刚开始,糟糕的事还在后面。"

"如果你们的船和'玛图亚号'能把我们带走就太好了。你觉得这可能吗?"

"不仅可能,"丹博士说,"而且已经准备好了。'玛图亚号'也快到了,我昨天晚上就和他们联系过,事先没能和你们商量一下,当然你们也可以不离开,但我强烈地请求你们离开,你们的人已经失去了一切,如果留下来,恐怕连命也保不住。"

"但我们付不起路费。"

"这对'快乐女士号'来说不成问题。当然我不能替'玛图亚号'的船长表态。"丹博士看了看驶过来的船,"他们正在向我

133

们靠近。再过几分钟就能听到他们的意见了。"

"玛图亚号"是一条南太平洋地区著名的大商船,结构坚固,但样式太老了,因此有人断言它是给种植园运送奴隶的那种船。不管它是不是,它的甲板很宽阔,巨大的客舱能装下成百上千的乘客。

在一阵丁零丁零的铃声和备用螺旋桨的转动声中,"玛图亚号"停在了"快乐女士号"旁边。就像一头鲸停在了一条金鱼旁边。它的驾驶室就有小船的桅杆那么高。

驾驶室里露出一张脸,脸上长满了大胡子,好像看谁都不顺眼。

"是你叫我来的吧。"船上的人喊道,"乘客在哪儿?"

"在海滩上。"艾克船长答道。

"就是那些?见鬼!我还有别的事,没时间拖着这些人在太平洋上转。"

科尔先生走上前来,说道:"船长,我是这个岛上的传教士。你可以去看看火山爆发把我们的岛糟蹋成什么样子了。这儿的火山学家告诉我们情况还会变得更糟,我们不得不离开。"

"噢,你们不得不离开,是吗?因此你觉得我们必须带上你们。因为你们不喜欢这点小火苗和硫黄石,你就希望我们带你们走。你们知道它是一座活火山,那你们当初还来这儿干吗?这条船是商船,我得给船主赚钱。现在,说正经的,有多少人?"

"1300人。"

艾克船长说:"'快乐女士号'可以装100人。"

"那还剩1200人。""玛图亚号"的船长说,"去哪儿?"

15 "快乐女士号"脱险

"由于这座岛属于汤加,"科尔说,"我想我们应该被带到汤加去。"

"汤加!"船长嘟哝着,"足有480千米,要打乱我两天的计划,还会把我的船弄得臭气熏天。好吧,没人能说我心肠不好,每人付一英镑我就带上你们。"

"1200英镑。"哈尔小声说,"简直是个大海盗。"

科尔的脸涨得通红,但声音仍然很平静:"我知道这会给你添许多麻烦,船长,可事情非常紧急,可以说是生死攸关。至于船费,在一般情况下是很公平的,但你必须知道我们很穷,付不起船费。"

船长的脸色发紫,愤愤地说:"你让我偏离航线160多千米就是为了告诉我这个吗?如果我有办法,我就会把你们统统扔进那些火山口里。"

他把手放在电话机上要通知发动机室起航。

"等一下,"丹博士喊道,"你忘了一件事,这些人是汤加人,也许汤加政府会付给你船费的。"

"也许月亮是生乳酪做的,"船长反唇相讥,"我不能在'也许'上浪费时间。"

"但这很容易搞清楚,"丹博士一点儿也不让步,"你可以向汤加呼叫,问一下就行了。"

船长不耐烦地捋了一下胡子,低声向一个船员嘀咕了几句。那个船员立刻向报务室走去。

不到20分钟就回话了,汤加的萨洛特女王将亲自出面解决难民的问题。

"好吧,""玛图亚号"的船长气呼呼地喊道,"让他们上来吧。"

科尔回到岸上,立刻就被人们围住了。他们听了科尔的介绍后,欢呼着向海边冲去。几个年纪大的人登上了唯一的独木舟,而其他人顾不得鲨鱼的威胁,纷纷跳进水里向那两条船游去。妇女们把孩子背在肩膀上,那样孩子们可以抓住她们的头发。孩子们一点儿也不害怕,他们在水里就像鱼一样,许多波利尼西亚人的孩子在还不会走路的时候就开始学游泳了。

浑身湿透的难民们顺着绳梯爬上"玛图亚号"和"快乐女士号"。两条船的船舷上都挤满了人。他们像沙丁鱼一样挤在一起,旅途肯定不会舒服,但波利尼西亚人天性乐观,即使面临灾难他们也不会愁眉苦脸。他们仍不停地说着,笑着,唱着。

16 熔岩河

把1300名难民交给汤加女王陛下后,"快乐女士号"向夏威夷驶去。

太平洋上所有的人都在谈论着夏威夷群岛最南端的已经酝酿了好几个星期的火山爆发。

世界上最大的火山——冒纳罗亚火山,喷出的岩浆顺着山坡蜿蜒而下,即将摧毁美丽的城市希洛,火河一天天逼近,怎样才能阻止它呢?

丹博士对那一新的火山喷发很感兴趣,同时他也下决心要竭尽全力来拯救希洛城。他希望在夏威夷登陆还有另一个原因,那样他就可以离开"快乐女士号"和它的乘客。

"这条小船的确不错。"当小船顺着信风轻快地驶向夏威夷时,他对艾克船长说,"哈尔那家伙有自己的主张,但我不信任他。"

"你已经到了谁也不信任的地步了。"艾克船长说,"如果你问我,我会说你有神经病。"

丹博士笑了笑,试图表现出自己的忍耐性:"你那么说我也不觉得奇怪。哈尔对你说了许多关于我的坏话,他使船上所有的人都以为我的大脑受到过刺激。据我所知,他已经把我的情况向我的老板作了汇报,他想顶替我的工作。"

"你怎么这么想？"

"那么他又为什么要编造那些无聊的故事，什么我在浅间火山口神志不清，什么当小客栈受到地震袭击时我发了疯，什么在法尔肯岛潜水时我得了'氮中毒'……他是要陷害我，我敢保证。"

"有几次如果不是哈尔的话，你就会真的死掉。"艾克船长提醒他，"是谁想到用水中呼吸器来代替防毒面具？是谁在我们快要热死的时候领着我们跳进水里？当浮石把我们覆盖起来时，是谁打通了一条路才使我们死里逃生？又是谁想到用蒸汽炸开通道口，才使我的小船逃出'罐头'岛呢？"

丹博士不再说话了，但仍然不服气。"没错，"他想，"我很清楚，这一切都是哈尔干的。但麻烦就在这儿，我是这次探险的领导，可有一半时间是他在领导。他的鬼主意太多了，聪明得有点狡猾，他千方百计地使我看起来像个大傻瓜，利用我付出的代价来树立他自己的形象。可他不会成功的，一踏上夏威夷我就把他和他的一伙人全都撵走。"

但他没那么干。

他们在希洛登陆了。当他正准备采取行动时，却忽然想起了什么，似乎预感到在某种情况下，他需要哈尔的帮助。

火蛇正在向希洛城步步逼近，人们惊恐万状，束手无策，情况十分危急。现在最需要的是办法，而哈尔是有办法的，因此他现在还不能把哈尔轰走。

他的这一决定里也包含着一点儿高尚的成分。就他的本意来说，他很想把哈尔撵走，这对他是有利的，但考虑到希洛城的利益，哈尔应该留下来。因此，他为了30000多名需要各种帮助的

16 熔岩河

受惊的居民,还是决定把他留下。哈尔虽然缺乏对付火山现象的知识,但他可能有办法让人们离开这一危险地区。

这样一来,哈尔和他的朋友们就可以多待几天了,可是等到这次紧急情况解除后,他们就必须分开了。

丹博士在码头上遇到了一个步履轻快,看起来很有学问的人。他是火山学家詹诺博士,冒纳罗亚山坡观察站的负责人。

"听说你们要来,我们很高兴。"詹诺博士说,"郊区的几个村镇已经被烧光了,如果两天之内不采取措施,这座美丽的城市就要被摧毁。我们需要你的建议。"

丹博士介绍了一下哈尔和罗杰。艾克船长和奥默还在船上。

"那么好吧,"詹诺博士说,"我们别浪费时间了,坐我的车上山吧。"

汽车在奔驰,眼前的希洛城展示着它那诱人的魅力——漂亮的建筑物、美丽的花园和棕榈树。它的后面耸立着雄伟的冒纳罗亚火山。尽管山峰离城市还有几十千米,但看起来就好像一个威力无比的巨人要压倒这座小城市似的。

罗杰被深深地吸引住了,同时又感到有点害怕。"是真的吗?"他问,"冒纳罗亚是世界上最大的火山吗?"

"千真万确。"詹诺博士说,"不仅如此,它还可能是地球上最大的孤峰。它的高度为海拔4176米,水面下还有5486米,总高度达9662米,体积42000立方千米,而沙斯塔[①]只有330立方千米。和它相比,维苏威火山也只不过像个小孩玩具。"

[①] 沙斯塔,美国的一座山峰,属卡斯卡德山脉,海拔4316米。——译者注

他们驱车穿过市区来到城郊。远处传来一种像加农炮开火时的轰鸣声,大地在地震中颤抖,地面上经常出现裂缝,工程人员正忙着填补路上的裂缝以便让汽车通过,但新的裂缝仍在不断出现。

前面又裂开一条缝,幸亏汽车及时停住了。裂缝约有3米宽,深度足有15米。

詹诺博士又把车启动了。"我们可以从田里绕过去。"他说着,把车开了过去。

在离希洛城不到1000米的地方,詹诺博士把车停了下来,他们走下车,看到一个黑色的怪物,慢慢地越过田野向城市爬来,有9~12米高,约有1600米宽。它的前端像悬崖一样陡峭,这是一个会移动的峭壁。这个由炽热的黄色熔岩形成的峭壁,正在不停地向市区推进。

熔岩河的两侧和顶部温度较低,凝固成黑色的熔岩壳。每隔一段时间就有一股气体从黑壳里喷出来,形成一个洞,透过洞口可以看到金黄色的熔岩。到处都是气柱,整条河都冒着烟,慢慢向前蠕动,发出一种令人难以忍受的嘎吱声。

"以这种速度前进,"詹诺博士说,"两天后我们就会到达希洛城。"

熔岩河的黄色前端碰到几棵树,它们立刻像纸片一样燃烧起来。树后面是一间被遗弃的房子,在凶猛的巨人面前它显得既渺小又凄凉。当巨人的一个黄色手指触到它时,它立刻燃烧起来。与其说是燃烧,不如说是爆炸,几分钟之后就彻底消失在黑烟中了。

16 熔岩河

"你一定能想象得出熔岩河流到希洛城后会发生什么事情。"詹诺博士说,"好了,跟我来,那边还有更壮观的。"

他们顺着支离破碎的公路,爬上一个山坡,停在一个火山口旁边。顺着火山口向下望去,100多米深的地方是一个沸腾的熔岩湖。

"这是基拉韦厄火山,"詹诺博士说,"它在其他任何地方都称得上是一座大火山,可在这儿它只不过是冒纳罗亚的陪衬而已。看到火山口边上那座旅馆了吗?它都被从火山里冒出的蒸汽烤热了。"

他们又向上开了几千米,然后下车步行。在这里,他们看到的熔岩河上面仍有9米多高,但宽度有30米。现在他们找到了熔岩河的发源地。它不是来自冒纳罗亚的火山口,而是从山坡上一个裂缝里喷出来的。它像一个巨大的喷泉,把岩浆喷起150多米高,真是一个壮观的惊心动魄的场面,令人叹为观止。岩浆落在裂缝周围,顺着山坡流下去。在几百米的距离内熔岩还保持着金黄色,但外层很快就冷却下来,失去了原来的色彩,再下面一段,外表面变成了黑色的、坚硬的岩石,但熔岩河仍然在里面流着。

"熔岩隧道就是这样形成的,"詹诺博士说,"如果熔岩流被忽然截住,下面的熔岩将继续流动,直到流完为止,这样就形成了一个隧道。这个岛上有一条10千米长的隧道,还有一条长达44千米。人们有时候住在里面,小偷们更把它当作理想的藏身之地。"

罗杰被150多米高的火焰吸引住了。

16 熔岩河

"看起来像群魔乱舞。"他说。

詹诺博士笑了:"夏威夷人也这么认为,但他们把它当作女神,而不是魔鬼,让我给你讲一个火山的故事吧。这是一个非常恐怖的故事。火山神叫佩丽,当火山爆发时,当地人就说是佩丽正在和她的姐妹们跳舞。她们边舞边走下山坡,杀死那里的居民,直到人们做了使她们高兴的事为止。据说佩丽喜欢吃猪肉和浆果,因此这些东西就经常被作为祭品扔到火里。

"在1790年,有一次,一支军队驻扎在它附近,没有给佩丽献祭品,于是就发生了一次可怕的火山爆发,死了400多人。

"11年后,在新的火山爆发来临之际,牧师们企图用活猪来祭奠女神,却没起作用。最后,伟大的凯姆·海密哈国王割下自己的头发作为祭品,佩丽好像很满意,熔岩也消退了。

"几年后,佩丽又一次发难了。人们请求卡皮奥兰尼公主给发怒的女神们献祭品,但她上过学,根本就不相信这个古老的迷信仪式。她走到基拉韦厄火山口的边缘,摘下一个浆果,可是没有按往常的仪式把一半扔给佩丽,而是自己全都吃了。人们吓得浑身发抖,等着她被利箭般的火舌击倒。但她却安然无恙。

"你们会想,这样一来总该破除这种迷信了吧,其实不然。1880年,一股强大的熔岩流逼近了希洛城,人们都祈求卢丝公主来拯救他们。她走向火河,向佩丽祈祷,然后扔进一瓶白兰地和6块红色的丝帕。熔岩流竟奇迹般地在城边停了下来。

"这一下又使古老的迷信复活了。因此,当1887年的那次喷发来临时,当地的教士们声称只有用王室的血来祭奠才能使女神息怒。莱克利克公主以绝食而死来抚慰发怒的佩丽,那一次却没有成功，佩丽继续兴风作浪。

"你会以为这次夏威夷人总该醒悟过来了。但是，信不信由你，许多当地人仍在向这条河里投掷小猪、浆果，希望使它停下来，不要流进自己家里。他们先向佩丽乞求，然后去教堂祈祷。"

丹博士说："自己的家园处于危难之中，他们一定感到绝望。在这种情况下，他们无论做什么都不应该责备他们。"

"这是人之常情，"詹诺博士表示同意，"但如果他们的祈祷要得到什么报答的话，那就要靠我们这些研究火山的人了。这是义不容辞的责任，可我已经绞尽了脑汁，还是想不出一个能阻止熔岩河流进希洛城的办法。"

眼前的景色既壮观又恐怖，巨龙般的熔岩河，金黄色的源头，黑色的河身，曲曲弯弯，绕过山谷沟壑，绵延而下几十千米，眼看就要进入城区了。

在他们脚下大约300米处，"河水"绕过一个山丘，忽然折向右边。

"它在那儿向右转弯，"哈尔说，"如果能向左转会怎么样呢？"

詹诺博士听了觉得很有趣。"卢瑟福总统通常把它称为未经确定的问题，"他说，"现在没必要考虑它，因为地球上没有什么力量能使那条河改道。"

"但如果能做到的话……"哈尔仍不死心。

"噢，如果能办到，我们的问题当然也就解决了。熔岩河就会顺着那个山谷流向东北方向。"

"沿途有没有村庄或城镇？"

16 熔岩河

"没有。山谷下面除了荒野一无所有。"

"那就是说它可以不造成任何危害而流进海里喽?"

"是的,但我说过,这根本办不到。"

"也许办不到,"哈尔说,"我只是想想,如果能在那儿把它堵住,它就会改道……"

"我亲爱的年轻人,"詹诺博士不耐烦地说,"你怎样才能使那条火河改道呢?它像尼亚加拉瀑布那么大。实际上要使尼亚加拉河改道要容易得多,因为它在露天流动,而这条河却在岩石隧道里流,你都无法接近它,怎么能让它改道呢?"

丹博士看得出詹诺博士发火了。"别说了,哈尔,"他说,"我们不能用不可能完成的计划来浪费詹诺博士的时间。我们得现实点。"

哈尔还是不肯轻易放弃自己的想法。"你说地球上没有什么力量能阻止它,"他说,"我相信你是对的。"

"嗯,你能认识到这一点我很高兴。"詹诺博士说。

"地球上也许没有什么力量能完成这项任务,"哈尔继续说,"但空中的力量怎么样,飞机不是能扔炸弹吗?我是不是太异想天开了?"

"我想是的。"詹诺博士说,他转向丹博士,"我想知道我们的讨论能不能不受你这位年轻朋友的干扰?"

哈尔勉强笑了笑,说:"对不起,博士。我知道我什么时候不受欢迎。"他走下山坡去仔细观察熔岩河的转弯处了。

17

救命的炸弹

"真是一个固执的年轻人!"詹诺博士说。

丹博士没有搭话,他盯着这条黑色的长河思考着。"确实可能。"他若有所思地说。

"好了,丹博士。"詹诺博士说,"你可没提出什么严肃的想法。"

"是的,我觉得它值得考虑。河上那层壳你认为有多厚?"

"噢,我可不知道,可能是2米,也可能是3米。"

"爆破弹能炸开它吗?"

"这个问题只有爆破专家才能回答,我想如果炸弹足够多就能把顶部炸开。"

"碎块会落进熔岩流里。大量的碎块就能把它堵住,迫使它改道。"

"理论上说得过去。"詹诺博士并不赞成,"可是去哪儿弄轰炸机呢?"

"从美国军队那儿怎么样?在洛克菲尔德不是驻扎着一个轰炸机中队吗?"

"是的,但他们不会管这事。他们的任务是打仗,不是对付火山。这个工程要花很多钱,他们会认为把军费花在民用工程上不合适。"

17　救命的炸弹

"我好像记得,"丹博士说,"当国内出现灾难,如火灾和洪水时也动用过空军的飞机。至于代价,绝不会像失去希洛城那么大。我们请他们帮忙,你看怎么样?"

"我不明白,"詹诺博士说,"你怎么对那个孩子的胡思乱想那么重视,他读的科学幻想书太多了。看来他对你的影响很大呀。"

丹博士的脸由于愤怒和不安变红了,他说:"我不想讨论这个问题。我和哈尔的关系不像你想象的那么好,其实,他快要被解雇了。但不管怎样,我觉得这个办法值得考虑,至少问一下不会有什么害处吧。"

詹诺博士挥挥手,勉强同意了:"好吧,就问一下,我们到下边的观察所去打电话。"

他们叫回哈尔,上了车,回到基拉韦厄山口,走进火山观察所。这是一座由石块砌成的建筑物,可以抵御火山喷出的火焰。里面到处都是令人眼花缭乱的仪器,地磁仪、地震仪、比重计、分光镜、温度计,墙上挂满了地图和图表。詹诺博士拿起电话,呼叫休·C. 吉尔科里斯少校,基拉韦厄驻军的指挥官。他向少校解释了哈尔的计划。

"请注意,"他说,"这不是我提出来的,说实在的,我觉得这根本不可能。我怀疑轰炸中队有没有足够的能力使熔岩流改道。"

其他人听不到少校的回答。詹诺又说话了:"噢,你理解错了,我不是说军队用爆破弹干不了大事,但你必须认识到你现在对付的是自然界最强大的力量之一。"

又停了一会儿，詹诺博士说："好吧，我感到很奇怪，你怎么会接受这个建议。记住，我对此事不负责。无论如何，如果你给檀香山打电话……"

他放下电话，吃惊地瞪着丹博士和两个孩子。"少校觉得值得试试，"他说，"他要给在檀香山的参谋部打电话，我们得在这儿等回信。"

半个小时以后，少校来了电话，轰炸机中队的3名军官已经坐飞机去熔岩流现场视察。他要求火山学家们回到需要爆破的转弯处，报告他们的精确位置。

他们立刻回到河道的直角转弯处。从檀香山飞到那儿需要一个小时。他们一边等，一边仔细地观察着地形，詹诺博士变得比较乐观了。

飞机飞到希洛城上空，沿着熔岩河一直飞到他们几个人头顶的上空，在那儿盘旋着。爆破专家们忙着研究地形，进行测量、拍照，然后又朝檀香山方向飞去。

火山学家们回到观察所，焦急地等待着消息。哈尔心急如焚，他闭上眼睛想平静一下，但眼前总是浮现出黄黑色的恶魔冒火的爪子。再过两天，它就会使30000多人无家可归。

消息终于来了，但不是通过电话。吉尔科里斯少校亲临现场，他带来的消息非常令人振奋。

"我们准备干了。"他说，"军用运输船'罗亚尔·T. 弗兰克'号已经带着20颗200多千克的TNT炸弹和20颗100多千克的瞄准用教练弹上路了，明天一早就能赶到。轰炸机一共10架，按计划同时到达。法律部门还要选几个老百姓监督把炸弹从船上卸

17 救命的炸弹

下来,装上保险,再送到飞机上。然后我们就在那条河上打开个缺口。"

詹诺博士告诫他:"你们也许只能打开一个缺口。"

"我们会干得更出色。这堆 200 多千克炸弹的威力会使你大吃一惊。爆破手们告诉我,它能在坚硬的岩石上炸一个 4 米深的坑,难道还不能把壳顶炸开?"

"更使我惊讶的是,"詹诺博士说,"军队怎么对这件事这么感兴趣?"

"我们怎么会不感兴趣呢?希洛是夏威夷第二大城市,如有可能我们当然要拯救它。不仅仅是为了这座城市,希洛港仅次于珍珠港,在国防上也有重要意义。如果这股熔岩流继续流下去,不仅会摧毁这座城市,还会把港口填平。你看,无论是出于军事目的,还是出于人道主义,我们都没有理由不竭尽全力来拯救希洛城。"

18

森林火灾

第二天一大早,运输船就到了,炸弹被运到机场。10架战斗轰炸机、两架侦察机和两架水陆两栖飞机早就等在那儿了。它们在黎明的时候就带着20名军官和37名士兵从檀香山的洛克菲尔德机场出发了。

每架飞机上都装备两颗200多千克的配有0.1秒延时装置的爆破弹和两颗用于瞄准的100多千克的教练弹。第一架飞机在上午8时45分起飞,然后每隔20分钟起飞一架。

两架侦察机在爆破点上空盘旋着观察爆炸情况。指挥官们邀请詹诺博士和丹博士一起坐在一架侦察机上,哈尔和罗杰在另一架飞机上。飞机飞到爆破点上空时,两个孩子怀着极大的兴趣观察着"黑蛇"的转弯处。

一个黑色的物体从飞机上落了下去,正中目标,腾起一团灰白色的烟云。看来没有炸开顶部。

"这只是一颗100多千克的教练弹,"哈尔身边的指挥官说,"它只装黑火药和沙子,爆炸时会产生一团明显的烟雾。这样投弹手就能判断是否击中了目标。"

那架轰炸机转了一个圈,又飞回转弯处上空。爬高,准备,俯冲,又扔下一个大得多的黑色物体,这是一颗200多千克的TNT炸弹。

18 森林火灾

炸弹落到河顶上爆炸了，发出惊天动地的霹雳声。已经变成黑色岩石的河顶被炸成了碎片，一股白热的熔岩从下面的熔岩河里喷向天空，高达几百米，在空中变成橘红色，在阳光下闪闪发光，分散成扇形，又落了下来。指挥官们对爆破结果非常满意。

飞机又飞了回来，扔下另一颗炸弹。这次炸开了一个6~9米宽的洞，大量的黑色岩石碎片落到熔岩流里，堵住了一部分河道，熔岩开始从洞口溢出，向左边流去。

这正是哈尔所希望的，他不禁得意起来，但他立刻又提醒自己还会有万一，说不定还会出什么岔子。他焦急地等待着另一架轰炸机。

可惜，这次扔下的教练弹离目标较远。飞机兜了个圈子，又投下另一颗教练弹，正中目标。它又回到爆破点上空，投下一个大家伙，把洞口扩大了6米，岩浆黏结着巨大的砾石，轰轰隆隆地滚进熔岩河里。"拦河坝"越来越高，更多的熔岩从洞口溢出来，形成一条光闪闪的熔岩流。尽管只有2米宽，却是沿着相反的方向流经山谷，直奔大海。

炸弹一个接一个地开了花，裂口越来越大，直到这个魔鬼的后背被彻底炸开。裂口处填满了石块，被堵住的"河水"急于寻找出路，便从左边滚滚而出，形成一股强大的熔岩流，向荒无人烟的山谷流去。

希洛城得救了。从"大坝"较低的地方溢出的岩浆还会继续向希洛城流动，但在到达城区以前就会凝固了。

哈尔兴高采烈的心情被新的焦虑搅乱了。他看到在新河道里流动的橘红色的"河水"，有越过一个山丘的危险。那样的话，

18 森林火灾

山丘另一侧的几间房子就会被烧毁。

爆破任务完成后,侦察机飞回机场。哈尔向詹诺博士和丹博士提起他所看到的新情况。

"是的,我也注意到了。"詹诺博士说,"和当兵的说没用,这不是轰炸机的事。我认为,我们应该去调查一下。遗憾的是我得回观察所了。"

"那么我们替你调查吧。"丹博士建议道。

"太好了。但你们需要一辆车,我给你们借一辆军用吉普。"

吉普车载着丹博士、哈尔和罗杰向西南方向驶去,越过一个个低矮的山丘,然后向西驶向熔岩河流过的那条山谷。这条路很少使用,与其说是公路,倒不如说是山路,路面坑坑洼洼,车子从上面驶过,颠得他们头晕目眩。最后他们终于来到了那个山丘上。山丘的一边是小小的村落,一边是凶猛的熔岩河。

"从这儿看还不算太坏,"丹博士说,"山丘的高度足可以挡住熔岩,我们可以回去报平安了。"他看看不断向他们逼近的"河水","流得真快,我们赶紧离开这儿吧。"

吉普车掉了个头又驶进了荒凉的山谷。四周热气逼人,烟雾在头顶上漂浮着,还有一些奇怪的像玻璃丝一样的东西,挂在灌木丛上,而且越来越多。看起来就像点缀过的圣诞树一样。

"那些玻璃丝似的东西是什么?"罗杰不解地问。

"是熔岩,"丹博士说,"迷信的人说那是佩丽的头发,发怒的女神揪下自己的头发,撒向空中。实际上它来自那条熔岩河里的熔岩喷泉。风把这些黏糊糊的岩浆吹散,拉成一根根长丝。它们随风飘荡,遍布旷野,点缀着树林和灌木丛。"

透过周围的高大林木,仍然能看到那条熔岩河。本来他们离它越来越远,但奇怪的是,温度似乎在升高。前面传来一种树木燃烧时发出的噼噼啪啪的声音。

他们转了个弯,才发现路已经被一股3米高的熔岩河切断了。他们赶紧刹住了吉普车。

"这儿过不去了。"丹博士说,"我们得回去看看这条路到底通到哪儿。"

他们掉过头来,沿着山路向回开。

越来越浓的烟尘呛得他们不停地咳嗽。路边的树已经烧了起来,火势越烧越旺。

突然,吉普车又停了下来,他们眼前又出现了一条熔岩河。

很明显,那条河已经分成两股,他们恰好被夹在中间。熔岩碰到的每一棵树、每一丛灌木都冒出火苗。火焰舔舐着车轮。

"趁车还没着起来,我们快离开这儿吧。"哈尔说。他们急急忙忙地下了车。

他们跑进树林里,火舌在后面紧追不舍。这是一个热带丛林,一棵棵参天大树上缠绕着藤蔓。他们没有砍刀,只能用手撕扯开荆棘和爬山虎,开出一条道路。

他们喘息着,搏斗着,每前进一步都要付出巨大的努力,但大火却步步紧逼,热气烘烤着他们的后背。紧张和恐惧使他们发疯似的想在丛林中打通一条路。胳膊被剐破了,满手都是血。火焰已经烧到了他们身上,后背和裤子都着火了,脖子被烧得疼痛难忍,而且还能闻到自己头发被烧焦的味道。

年纪最小的罗杰走得较快,一直在前面3米的地方。哈尔跟

18 森林火灾

了上来,丹博士在他后面跌跌撞撞地走着。忽然,后面的脚步声没有了,哈尔急忙回过头来,看看博士出了什么事。此时丹博士已经停止了搏斗,像一尊雕像似的一动不动地站着,随后就瘫倒在地。

"罗杰!"哈尔喊道,"快救博士!"

他们架起瘫作一团的科学家,艰难地向丛林外走去。他们一步步地向前挣扎着。时间一秒钟一秒钟地过去,火势越来越旺,他们周围树叶卷曲着,噼噼啪啪地燃烧起来。

最后他们终于冲出了灌木横生的树林,来到一段布满碎石的路上。他们汗流浃背,上气不接下气,吃力地带着博士顺着山谷走下去。他们刚刚逃离的那片树林顷刻间就轰轰燃烧起来。

正在这时,他们听到了另一种声音,发动机的嗡嗡声。一辆军用吉普车迅速驶入山谷,停在他们身边。

"这儿够危险的,"司机说,"我们估计到你们需要帮助,快上车吧。"

他们满怀感激的心情,扶着博士一起上了车。

"你们的伙伴怎么了?"开车的军官问。

"昏过去了,"哈尔说,"但恐怕不是一般的昏迷,最好是立刻把他送到医院去。"

"希洛城有一家医院,"军官说,"但如果病情严重的话,最好还是去檀香山的女王医院。去机场只多用5分钟,我们给你们派一架飞机,一个小时之内就能把他送到医院。"

他们感激军队能够做一些分外的事情。哈尔和罗杰看着博士被送上一架军用飞机后,也爬了上去,和他一起飞向檀香山。医院事先接到了电话，已经派出一辆救护车在机场等候他们。不久，昏迷不醒的博士就被送到著名的女王医院，受到了医生的护理。

他躺在床上，眼睛睁得大大的，一动不动地盯着天花板，呼吸急促，脉搏跳得很快。他显然对发生的一切一无所知。当詹姆斯·克拉克医生对他进行检查时，哈尔和罗杰就坐在旁边。过了一会儿，医生面对哈尔坐了下来。

"告诉我，这是怎么回事？"

"我们正拼命地想从着火的树林里逃出来，他忽然僵直不动了，接着就瘫倒在地上。"

"如果只是昏迷的话，他早就该清醒过来了。他经常得这种病吗？"

"有时候他会变得僵硬，像大理石雕像一样站一两分钟。他的眼睛凸出，目光呆滞，脸色由苍白变成蓝色。我抓住他的胳膊时，觉得他的肌肉像拧成的绳子一样硬。"

"在什么条件下发生这种情况呢？"

"嗯，第一次是在浅间火山口，他似乎回忆起什么可怕的往事。"

"过后他记得发生的事情吗？"

"不，他什么也记不得。"

"还有别的外界刺激使他发作吗？"

"有一次，晚上发生地震，他尖叫着跳起来，发疯似的捶打着墙壁；还有一次，我们在'法尔肯'岛潜水时，他得了'氮中毒'；有时候他还像疯子一样唱歌。"

18 森林火灾

"很有意思，"克拉克医生说，"我开始意识到是哪一类病了。他的情绪怎么样？经常发火吗？"

"他变得很多疑，以为我们都要陷害他。"

"对，"克拉克医生说，"听起来很像轻癫痫。"

"那是什么病？"罗杰问。

"噢，是一种轻度的羊角风。"

哈尔大吃一惊："会是那种病？我一直以为癫痫——嗯——是一种大脑疾病，有点精神错乱。可丹博士是个很聪明的人，甚至是杰出的。"

"我的朋友，"克拉克医生说，"别忘了我们的大脑都有点毛病，都有点精神错乱。对于癫痫病患者来说，有些人拥有非凡的思维能力：朱利亚斯·恺撒、彼特拉克、彼得大帝、拿破仑，他们都患有癫痫病，可都是天才。有几种癫痫病是很可怕的，由于你没提起痉挛，我推测这是一种较轻微的癫痫。不要被'轻'字迷惑了，和'重癫痫'相比，它是轻的，但即使是轻癫痫也会致命的。"

"可怎么会得那种病呢？"

"有很多可能致病的因素，脑震荡或机械损伤就是一种原因。在他的工作过程中，我推测他的神经一定受到过严重刺激，要不就是发生过某种事故，或两者都有。"

"有一次他刚要告诉我们的船长一些他的可怕经历时，却忽然闭口不谈了。他显然不愿提起那些往事。"

"他是否因身体某个部位经常性的疼痛而常发牢骚呢？"

"除了左边头疼以外没有其他症状。他自己好像也不在意。"

"噢，也许就与此有关，我们应该给他拍一张头部的 X 光片。"

当病人从放射室被送出来时仍然处于昏迷之中。克拉克医生和另外两名医生走进一间小黑屋冲洗底片，然后拿着那些照片回到哈尔面前，把它们举起来对着光线。

"病因找到了，"他说，"那块黑色楔状物是一块颅骨碎片，压迫着神经中枢。有时候他的头部会受到类似机械震动的冲击。那个碎块一定要取出来，而且手术必须马上进行，否则他可能永远也不会苏醒了。怎样征得他的亲属的同意呢？"

"我不认识他的亲属。"哈尔说，"他受雇于纽约的美国自然历史博物馆，他们会知道的。"

"我们立即发电报，不能再浪费时间了。我们等回音的时候，就要做好一切准备。"

丹博士早就被送到手术台上，外科医生站在旁边等着住在纽约的这位科学家的父亲的回音。

同意的消息一到，手术就开始了。

在手术室的走廊上，有一排椅子，是给这些焦急的朋友——哈尔和罗杰准备的。他们现在才感到他们是多么喜欢这位年轻的科学家，尽管他有时捕风捉影。脑手术是一件非常精细和危险的工作，病人已经被休克折磨得奄奄一息，很可能经受不住这种考验而死去。

半个小时过去了，仍然没有消息。一个护士从手术室走出来，匆匆忙忙地穿过大厅。哈尔立刻跟了上去："怎么样？"护士摇了摇头，仍然急匆匆地向前走。

18 森林火灾

哈尔走回来,沉重地坐在椅子上。摇头是什么意思呢?是由于护士不允许乱说,还是最坏的事情发生了?

足足一个小时过去了。两个孩子从椅子上站了起来,在走廊里走来走去,像焦急等待着父亲一样。

手术室的门开了,一个穿白大褂的人一阵风似的走出来,向大厅走去。两个孩子不耐烦地等待着。终于,克拉克大夫和其他医生出来了,又匆匆忙忙地从他们面前走了过去。

"请等一下!"哈尔央求道。克拉克医生转过身来。

"他怎么样?"

"他会好的,"医生说,"手术很成功。我们把碎片取了出来,但那一部分发炎了。你的朋友要休养很长一段时间,大约6个月以后他才能去逛另一座火山。现在,如果你不介意……"他一边说一边转身走了。

哈尔和罗杰怀着难以形容的心情走进了病房。他们最大的快慰就是手术成功了。然而当他们意识到火山探险就此而结束时,又觉得很失望。

他们坐在丹博士的床边。他仍然昏迷不醒,但现在已经和原来不一样了,情况好多了。圆睁的眼睛闭上了,呼吸也变得缓慢而轻松。

"他真的睡熟了,"医生说,"你们怎么不去吃点东西?"

罗杰走了出去,哈尔依然守在病人床边。等罗杰回来后,哈尔才出去。当他经过接待处时,听到一个人正在打听丹·亚当斯博士。

哈尔停了下来。"你在找亚当斯博士吗?"他问。

"是的,我是檀香山《广告者报》的记者,我想向他采访一下关于爆破的事。"

"对不起,他现在不能接受采访。他刚做过手术,现在正在睡觉。"

"你是他的助手哈尔·亨特吧?"

"是的。"

"那么也许你能给我讲一讲。"

哈尔犹豫了一下,说:"我希望是由他来介绍,但我不知道他什么时候能说话。好吧,我就尽我所知谈些情况吧。"

哈尔刚刚说完,又有两个人来找亚当斯博士。接待室的人告诉他们,丹博士现在不能会客。他们转身刚要走,哈尔迎上去作了自我介绍。

"我是亚当斯博士的助手,"他说,"我能帮你们做点什么吗?"

"这是辛克莱尔先生,我叫斯科特,跟亚当斯博士一样,我们也在美国博物馆工作。博物馆刚才给我们发来电报,说丹博士在这所医院里,我们就赶来想看看有什么事情。"

"你们来得太好了,"哈尔说,"他现在睡得正香。我正想出去吃点东西,一起去好吗?我们在饭馆里好好谈谈。"

吃完薄煎饼、涂奶油的猪肉,又喝了一杯咖啡后,哈尔给两位科学家讲述了那天发生的一系列可怕的事情:爆破熔岩流,逃离森林大火,飞向檀香山和紧张的外科手术。"医生说他需要休养6个月。"哈尔说。

"你怎么办呢?"辛克莱尔问。

"我想大概无事可做。"哈尔说,"但我们无关紧要,重要的

18 森林火灾

是他早日康复。你们还没告诉我,你们在博物馆里的工作情况呢?"

"我们的工作很有趣。"辛克莱尔说,"我们正在设法收集一些鲸和捕鲸的情况。研究现代捕鲸方法很容易,然而我们想知道的是在帆船和捕鲸船时代怎样进行惊心动魄的捕鲸活动。那时很著名的捕鲸船只剩下很少几艘仍然在海上航行。我们已经发现了一艘正在追踪鲸的船,并决定跟它一起去。"

哈尔的眼睛亮了。"你说得太有意思了,"他说,"我真想多听一点儿,可我得回去照顾我的病人了。明天早晨再来一次怎么样?那时候他会醒过来,看到你们一定很高兴。"

丹博士一直熟睡着。孩子们虽然愿意守护在他身边,医院的规定却不允许。他们只好到一家旅馆睡了一夜,第二天一早又回到了医院。

19

谅解

克拉克医生在楼下的大厅里等着他们。"你们的病人醒过来了,"医生说,"他急于要见你们。我想你们会发现他变了许多。"

护士把他们带进病房。丹博士闭着眼睛躺在床上,手里拿着一份晨报。

"你们待的时间不能太长。"护士提醒道,"你们知道,他还很虚弱。"

"虚弱?没事。"丹博士睁开眼睛说。孩子们注意到他的目光不再那么冷酷和令人毛骨悚然了,"我觉得我像换了一个人。今天早晨对我来说一切都变了。孩子们,坐下,我有点事要跟你们说,实际上是要向你们道歉。"

"那没必要。"哈尔说,"你好好躺着,我们谈点别的不更好吗?"

"不,我一定要跟你们说。我对你们两个人太不公平了,还有艾克船长和奥默,我希望他们也在这儿,我也能这样对他们说。"

"他们会来的。"哈尔说,"昨天晚上我给他们发了电报。"

"医生给我讲了许多我不知道的事情。"丹博士继续说,"他说我有很长一段时间精神不正常。现在我知道他说的是对的。我曾是一个心胸狭窄的人,但我希望你们不要责怪我,因为我脑袋

19 谅解

里有那块碎片。医生还告诉我说我有几次失去了记忆，如果不是你们照顾我，我早就没命了。"他伸出手来，紧紧地握住哈尔和罗杰的手，"我一直在想，我对我过去的一些想法感到非常可耻，特别是当我看到了对你的访问记以后。不用说你们已经看到了。"

"不，我们还没来得及看。"

哈尔拿过报纸。整个头版登载的全部是熔岩流的爆破工作。有几张从侦察机上拍摄下来的照片，有詹诺博士的声明和希洛市长的感激之词，还有一份轰炸指挥官的报告和一份参谋长的军事报告：

这次行动军方的开支总计25000美元，而拯救出的建筑物和财产价值5100万美元，因此，从经济观点来看，显然是很合算的。更重要的是30000居民和他们的家园得救了。据目击者说，任务完成得非常出色，炸弹准确地击中了目标。这次对熔岩流的空中轰炸创造了一个新的奇迹，是地质科学实验的巨大成功。

紧接着是对哈尔的采访，其中一段写道：

尽管詹诺博士一再声明轰炸计划的最初设想是哈尔·亨特先生提出的，但亨特先生在接受采访时仍不肯接受这一荣誉，他把这个精心设计的杰出计划归功于访问学者——火山学家丹·亚当斯博士。

"当我读到这儿时,我觉得自己太渺小了。"丹博士说,"还有那些愚蠢的念头,什么你要使我名誉扫地了,什么你要取代我的工作啦……我现在真不明白怎么会产生那些想法。当然,爆破计划是你的,等我能接受记者采访时我就把一切都告诉他们,他们会把真实的故事写出来的。"

"别多想这件事了。"哈尔说,"你现在的任务是好好休养,尽快恢复健康。还有更多的火山等着你去征服。"

"我已准备好了!我不会再害怕了,我现在就不害怕了。"

"害怕!"罗杰说,"我可从来没见过你害怕。"

"我能把恐惧隐藏起来自己也很高兴。每次接近火山口时我就紧张得要命,恨不得从我的躯壳里逃出去。这全是由于……"

他停了下来,笑了笑:"我从不愿谈起它。那是一次任何人都想忘掉的可怕的经历,现在忘不掉我也不在乎了。那是在墨西哥的帕里库廷火山,我失足掉进了火山口,落下几百米,头猛地撞到岩石上,昏了过去。当我慢慢醒过来时,发现坡度太陡,根本爬不上去。我被下面的岩浆烤着,越来越虚弱,头脑昏昏沉沉的。我在火山口里整整待了一夜,头疼得越来越厉害,像在宗教法庭的地牢里受酷刑一样,我觉得再也忍受不下去了。随后我的思维就陷入混乱,但最后竟奇迹般地爬了出来。我也说不清是怎么搞的,但从那次以后,我就谈火山而色变。现在好了,由于这次手术,我的恐惧感消失了。几个月以后我就能再回到火山中了,那里有我的事业,能在那里工作,我就心满意足了。可你们呢?你们的工作还没着落呀。"

"檀香山是一个繁华的地方,"哈尔说,"我们会找到事

19 谅解

做的。"

"噢,我有一个建议。今天早晨在你们来这儿以前,我给我的两个在美国博物馆工作的同事打了电话。我想你昨天已经见到他们了,辛克莱尔和斯科特。"

"是的,我和他们谈过了。"哈尔说,"他们的计划听起来很有趣。"

"他们很喜欢你们。"丹博士说,"我对他们说的关于你和罗杰的事丝毫没有减弱他们对你们的喜爱。他们正在物色一些年轻人协助他们完成捕鲸探险。你们觉得怎么样?"

罗杰的眼睛里放出兴奋的光芒。

"总之,"丹博士继续说,"你们还是为美国博物馆工作,只不过是换了个上司而已。"

"我们不愿换上司。"哈尔说,"我们宁可继续和你待在一起。但我们不能——捕鲸听起来很有吸引力。我们再考虑一下。现在我们该走了,你应该休息了。"

"唉,别多想了。他们过几天就要出发了。"

两个孩子走过大厅,心情难以平静。

"真是一个千载难逢的好机会!"罗杰叫了起来,"还要几天的时间来决定!要是我,几分钟就足够了。"

但是哈尔比他年龄大,想得比他多。他认为这件事不能这么草率地决定。事实上,他们一走出大门,他就作出了决定。